품어야 산다

품어야 산다

세상을 향한 따뜻한 시선

김병효 지음

사람과 나무사이

들어가며

삼 년 전, 처음 내 이름으로 책을 냈다. 시를 읽을 때마다 떠오른 지난날의 추억과 생각을 엮은 『봄날이었다』라는 책이다.

그 책이 계기가 되었는지 그해 12월 중순, 평소 가까이 지낸《영남일보》송국건 서울 본부장의 전화를 받았다. 2018년 1월부터《영남일보》의 칼럼 〈경제와 세상〉 코너에 새로운 필진으로 참여해달라는 요청이었다. 경제를 공부한 전문가도 아니고 글솜씨도 부족하여 감당하기 어렵다고 정중히 거절하였으나 워낙 진지하게 권하는 터라 제안을 받아들일 수

밖에 없었다. 대신 경제 현안의 진단과 제언보다는 경제활동을 하며 세상을 살아가는 사람들의 이야기를 하겠다며 양해를 구했다. 이런 연유로 2018년 1월부터 2019년 12월까지 2년 동안 4주에 한 번씩 칼럼을 썼다.

원고 마감일은 매번 어김없이 찾아왔다. 한정된 원고지의 분량은 절제된 글을 원했다. 그런데 '글쓰기의 감옥'은 직장생활을 할 때 미처 눈길을 주지 못했던 우리 이웃의 삶을 깊이 생각하는 계기가 되었다. 이주민, 보호아동, 다문화가정, 장애인, 빈곤한 노인 등 보듬고 품으며 살아가야 하는 우리의 이웃이 있었고, 열심히 자신의 삶을 일구어가는 아름다운 사람들도 보였다.

세간의 주목을 받지 못하는 논제에 대한 글쓰기가 끝나자 한동안 정말 홀가분했다. 이후 시간이 흐를수록 한정된 지면에 못다 쓴 이야기를 더하고 싶었다. 그래서 칼럼마다 하나둘 생각을 더 보태어 책으로 엮었다. 설익은 생각과 논리가 담긴 글이나마 출간의 용기를 북돋우고 격려해준 분들이 계셔서 정말 고맙고 행복하다. 그분들과 더불어 귀한

지면을 할애해준《영남일보》와 관계자분들께 감사의 인사를 올린다.

2020년 6월

김병효

차례

3부 '틈'을 내주는 사회를 꿈꾸며

1부

門을 낮게 만든 까닭

門을 낮게 만든 까닭

독일 베를린의 페르가몬 박물관에서 본 알레포의 방이 생각난다. 19세기 말 독일이 발굴한 고대 유물을 실제 크기로 복원한 바빌론의 이슈타르 성문, 밀레투스의 시장 문 등이 박물관의 대표적인 전시물이다. 그 중에서도 알레포 상인의 방이 유독 인상 깊었다. 알레포는 시리아에서 두 번째 큰 도시로 기원전 3000년 무렵부터 동서 교역의 주요 거점이었다.

알레포의 방은 원래 지역상인 이사 이븐 부트루스의 응접실이었으며 1600년에 제작된 벽과 문이 모두 삼나무와 호두나무로 만들어졌다. 벽면과 출입문은 다양한 동물과

풍경이 조각되고 아름답게 채색된 뛰어난 예술작품이었다. 거실 천장의 높이는 2.9미터, 그런데 의외로 출입문 높이는 낮았다. 1.5미터 정도였다.

그 당시 사람들의 키가 그토록 작았을까. 화려하게 장식된 응접실 문을 왜 그렇게 낮게 만들었을까. 알레포의 방은 사람들이 드나들 때마다 낮은 자세로 고개를 숙이지 않으면 문틀에 머리를 부딪칠 수밖에 없다. 늘 자신을 되돌아보며 경솔함과 교만한 태도를 버리고 겸손한 마음을 견지하려는 상인의 지혜가 담겨 있는 듯하다. 상인이 세상을 떠난 뒤 응접실은 해체되었고 1912년 독일인에게 팔렸다.

시리아는 알레포에서 바그다드로 이어지는 육상 실크로드 덕분에 일찍부터 고대 문명을 꽃피웠다. 그러나 지정학적 장점이 오히려 이 나라를 전쟁의 소용돌이에 휘말리게 했다. 오늘날에는 9년째 내전에 시달리며 온 국민이 고통을 겪는 끔찍한 나라로 변했다. 전쟁의 참화를 피해 많은 시리아 국민이 작은 배에 몸을 싣고 조국을 탈출하고 있다. 2015년 9월, 세 살배기 시리아 난민 아일란 쿠르디가 터키 휴양지 해안에서 엎드려 잠든 모습의 주검으로 발견되어 사람들의 마음을 후비고 아프게 한 일도 있었다. 알레포 상인이 지키고자 했던 겸손과 평화로움은 지난 얘기로만 남게 된 것 같아 안타깝다.

우리나라 옛 가옥의 방문도 작고 소박했다. 키가 작은 사람도 고개를 숙여야 겨우 드나들 수 있을 정도였다. 방을 나서거나 들어설 때마다 자신의 옷차림을 살피고 몸가짐을 바르게 하려는 우리 조상들의 삶의 지혜가 반영된 것은 아닐까. 사실 여부와 출처를 확인해보지는 못했지만 조선 초기 명재상이자 청백리였던 고불(古佛) 맹사성과 관련된 이야기가 떠오른다.

맹사성이 파주 군수로 있을 때였다. 그는 작은 암자에 주석(駐錫)하고 있는 한 스님의 덕망이 높다는 소문을 듣고 어느 날 그를 찾아갔다. 스님은 명성이 자자하던 맹사성을 보고 "원님이 어인 일로 누추한 곳에 어려운 걸음을 하셨는지요? 선방에서 차나 한잔하시지요" 하며 선방으로 초대했다.

매사에 자신만만하던 맹사성은 스님에게 여러 가지 질문을 하며 지식을 은근히 뽐냈다. 몇 번 응대하던 스님은 맹사성의 속내를 눈치채고 차나 마시자며 그에게 차를 따라주었다. 스님은 찻물이 찻잔을 넘쳐흘러 방바닥을 적시는데도 차 따르기를 멈추지 않았다. 이를 본 맹사성이 자리를 옮기며 "스님, 찻물이 넘쳐 방바닥이 흥건합니다"라고 했다. 그러자 스님은 "찻물이 넘쳐 방바닥을 적시는 것은 알면서 지식이 넘쳐 자신을 망치는 것은 왜 모르시오"라고 일갈했다.

정신이 번쩍 든 맹사성은 부끄러워 황망히 일어서다 뒤통수를 문틀에 탁 부딪혔다. 이를 본 스님이 "고개를 숙이면 다칠 일이 없지요"라고 한마디 했다. 순간 맹사성은 자신의 교만함을 깨닫고 귀한 가르침을 준 스님에게 엎드려 큰절을 올렸다. 그날 이후 맹사성은 자신의 호를 '고불'이라 짓고 스님의 말씀을 마음에 깊이 새겼다. 맹사성은 늘 자신의 말과 행동을 돌아보고 바로잡으며 겸손한 삶을 살아 후대에도 칭송받는 청백리가 되었다.

자신을 낮추고 마음을 비우기란 쉽지가 않다. 박노해 시인은 "나만은 다르다/ 이번은 다르다/ 우리는 다르다"라는 간결한 언어로 '거대한 착각'에 빠져 있는 세상 사람들에게 말한다. '나는 다르다'라는 교만을 버려야 한다고. 어떤 일을 결정할 때 '이번은 다를 것'이라는 허망에서 벗어나 객관적으로 보기를. '우리는 다르다'라는 오만에서 벗어나야 모든 것이 바로 보이고 제대로 굴러갈 것이라고. (2019. 9. 27)

생각에서 한 걸음 더

사람이 하루아침에 바뀔 수 있을까. 어제와 전혀 다른 사람으로 바뀌기란 여간 어렵지 않다. 정말 특별한 계기로 굳은 결심을 해도 사람이 달라졌다는 소리를 듣기까지는 부단한 노력과 시간이 필요하다. 하루아침에 단박 변하지 않는다. 시간을 두고 서서히, 조금씩 조금씩 좋은 방향으로 변모하거나 혹은 차츰 나쁘게 물들어간다. 남에게는 너그럽고 자신에게는 엄격한 사람, 타인의 아픔이나 부족한 부분까지 감싸 안으며 뽐내지 않고 겸손한 사람, 그런 사람들이 늘어나는 세상을 희망한다.

‘공덕비’를 세우지 말고 ‘공덕’을 쌓아라

“호랑이는 죽어서 가죽을 남기고 사람은 죽어서 이름을 남긴다”라는 속담이 있다. 사람은 살아생전에 훌륭한 일을 하여 후세에 빛나는 이름을 남겨야 한다는 의미다. 이런 연유로 곳곳에 많은 공덕비와 동상이 세워지고 기념관이 건립되고 누군가의 이름을 딴 도로도 생겼다. 그러나 세월이 가면 공덕비는 이끼로 덮이고 비문은 닳고 닳아 흐릿해진다. 비석에 새긴 이름도 사람들의 기억에서 사라져간다. 허황한 공명심으로 세워진 공덕비를 본 적이 있다.

신라시대 학자 최치원이 조성한 경남 함양의 아름다운

숲 상림에는 동학운동의 기폭제가 된 탐관오리 조병갑의 공덕비가 있다. '군수 조후병갑 청덕 선정비'에는 "조선말 조병갑 군수는 유민을 편케 하고 봉급을 털어 관청을 고치고 세금을 감해주며 마음이 곧고 정사에 엄했기에 그 사심 없는 선정을 기리어 고종 24년(1887) 비를 세웠다"라고 적혀 있다. 어이없게도 이 공덕비는 여전히 그 자리에 서 있다.

대공황의 여파로 대다수 국민의 삶이 어려웠던 1930년 뉴욕에서 일어난 일이다. 어느 빵집에서 주인 몰래 빵을 훔치다 붙잡힌 노인이 즉결심판에 넘겨져 재판을 받았다. 법정에 선 노인의 사정은 참으로 딱했다. 노인은 배고픔을 이기지 못해 잘못을 저질렀다며 울먹였다. 판사는 노인의 사정은 딱하지만 빵을 훔친 것은 잘못이라고 지적하며 벌금 10달러를 선고했다. 그 순간 방청석에 자리한 주민들이 술렁였다. 배가 고파서 빵을 훔친 불쌍한 노인에게 너무 가혹한 판결이라는 분위기였다.

판사는 이어서 그동안 잘 먹으며 편히 지내온 자신도 반성하는 의미에서 벌금을 내겠다며 지갑에서 10달러를 꺼냈다. 또 배고픈 이웃을 돌보지 않은 방청석의 주민들도 일부

책임이 있다며 각각 50센트씩 벌금을 물리고 돈을 걷었다. 방청객 누구도 항변하지 않고 판결에 따랐다. 그 자리에서 걷힌 돈은 벌금으로 쓰였고 남은 돈은 흐느끼는 노인의 손에 전해졌다.

그 판사는 몇 년 뒤 뉴욕시장으로 선출됐다. 뉴욕시장을 세 번 연임한 피오렐로 라과디아다. 그는 정파를 초월하여 국가의 위기를 타개하는 뉴딜정책을 지지했고, 취임 첫날 라디오 연설에서 마피아와의 전쟁을 선언했다. 그는 그 막강한 조직의 집요한 위협에도 굴하지 않고 끝내 마피아 조직을 와해시켰다. 시민의 안전한 삶과 존엄성을 지켜낸 결과 뉴욕 시민들은 그의 이름을 영원히 기리기 위해 뉴욕의 신공항을 '라과디아 공항'으로 이름 지었다. 참된 공복(公僕)이 무엇인가를 보여주는 사례다.

우리 사회에도 자신의 분야에서 뛰어난 성과를 낸 사람이 많다. 그러나 안타깝게도 유명인 중 일부는 명성에 걸맞지 않게 자신의 우월한 지위를 이용하여 다른 사람에게 부당한 요구를 하거나 약자를 짓밟기도 한다. 대중의 입에 오르내리는 사람들은 차근차근 단계를 밟으며 성장하지도 혹

독한 시련을 겪지도 않고 별 어려움 없이 높은 지위에 오른 경우가 많다. 왜 그럴까? 과정보다 결과를 더 중요하게 여기는 '성과 만능주의 풍조' 탓이 아닐까 싶다. 준비 과정을 정상적으로 밟지 않고 건너뛴다면 얻는 것보다 잃는 것이 더 많을 것이다. 혼자 잘난 사람들보다는 지혜롭고 따뜻한 가슴을 지닌 겸손한 이들이 각자의 자리를 지키면서 제 역할을 다할 때 우리 사회는 더욱 성숙하고 발전할 것이다.

사후에 공덕비나 기념관이 세워지는 사람은 극히 드물다. 그러나 한 사람이 평생을 살다가 세상을 떠난 후 남겨진 가족과 이웃의 마음속에 지워지지 않는 따뜻한 기억으로 살아 있다면 그 또한 값진 비석이고 공덕일 것이다. 때로는 보이는 것보다 보이지 않는 것이 더 아름다운 법이다.

누군가를

보듬고 있다는 것은 행복한 일이다.

(중략)

남을 위해

내 마음을 조금 내어 준 나도

참으로 행복하다.

어머니는 늘
이런 행복이 제일이라고 하셨다.

노원호 시인의 「행복한 일」이란 시처럼 마음 문을 조금씩 열고 서로 보듬고 품으며 함께 사는 따뜻한 세상을 머릿속에 그려본다. (2018. 4. 6)

생각에서 한 걸음 더

일본 작가 가운데 우리나라에서 제일 많은 작품이 번역 출간된 이는 단연 무라카미 하루키(1949~)와 미우라 아야코(1922~1999)다. 미우라 아야코는 결혼 후 작은 잡화점을 운영했는데 워낙 열심히 운영을 잘해서 인근 가게들이 문을 닫을 지경이었다.

어느 날, 남편이 퇴근 후 다른 가게들의 사정을 얘기하면서 쉬엄쉬엄 할 것을 권했다. 아야코는 그날 이후 일부러 자신의 가게에 여러 물품 구색을 빠뜨려 놓고 그런 물품은 인근 가게에서 사도록 했다. 대신 남는 시간에 책을 읽고 글을 썼다. 그 결과 1964년 《아사히신문》의 소설 현상공모에 최우수작으로 당선된 〈빙점〉으로 그녀는 유명작가가 되었다.

남을 배려하며 공존의 삶을 살다간 미우라 아야코는 "사람이 생을 마치고 나면 남는 것은 쌓아온 공적이 아니라 함께 나눈 것"이라고 말했다.

나는 누구의 '연잎'일 수 있을까

초등학교 5학년 때의 일이다. 내가 다니던 시골 초등학교에 핸드볼팀이 만들어졌다. 신생팀을 맡은 선생님은 왕복달리기, 공 던지기, 철봉 매달리기 등 기초 체력 검증을 거쳐 10명을 선발했는데 그중에 나도 뽑혔다.

검정 고무신을 신고 다니던 그 시절 우리는 맨발로 운동장을 뛰어다녔다. 학교에서 점심으로 배식하고 남은 옥수수빵이나 국수를 간식으로 먹으며 맹훈련을 이어갔다. 마침내 군 대표로 도내 초등학교 시합에 나섰지만 큰 도시의 초등학교 팀과 겨룬 첫 경기에서 아쉽게 지고 말았다. 패배는 쓰라렸으나 나는 함께 땀 흘리며 연습한 날을 동료애와 배려, 인내, 열정과 도전을 배운 소중한 시간으로 기억한다.

스포츠라는 냉엄한 승부의 세계에서는 우승이나 메달보다 더 가슴 벅찬 인간승리 이야기가 펼쳐진다. 2017년 12월 10일, 미국 댈러스에서 열린 BMW 댈러스 마라톤 대회에서 있었던 감동적인 사연이다. 결승선을 불과 180여 미터 앞두고 1등으로 달리던 선수가 비틀거리며 자리에 주저앉으려 하자 그 뒤를 바짝 따라오던 선수가 곧장 다가와 그를 부축하며 얼마를 더 갔다. 그러나 기진맥진한 1등 주자는 다리가 풀려 땅바닥에 주저앉기를 반복했다. 그때마다 2등 주자는 그의 팔을 잡아 일으켜 부축하고 격려의 말로 응원하며 함께 결승선을 향해 전진했다. 그러고는 결승선 앞에서 1등으로 달리던 선수의 등을 밀어 그가 우승할 수 있도록 도왔다. 관중은 힘찬 박수와 환호를 두 사람에게 보냈다. 1등으로 달리던 선수는 정신과 의사인 32세의 챈들러 셀프, 그를 도운 이는 17세의 여고생 아리아나 루터먼이었다. 쓰러진 1등 주자를 못 본 체하고 그냥 결승선을 향해 뛰어갔다면 루터먼은 우승할 수 있었을 것이다. 그러나 놀랍게도 그녀는 우승의 영광이 아닌 '함께하는 길'을 선택했다. 예상을 뛰어넘는 그의 배려와 희생정신은 모두에게 깊은 감명을 주었다. 경쟁자를 보듬고 격려하며, 밀고 끌어주며 결승선을 통과하는 그의 모습은 그 무엇과도 비교할 수 없을 만큼 아름다웠다.

"떠돌이 빗방울들 연잎을 만나/ 진주알 되었다/ 나의 연잎은 어디 계신가,/ 나는 누구의 연잎일 수 있을까"라고 노래한 김영무 시인의 시 「연잎 - 만남의 신비」가 생각난다. 루터먼은 '연잎'이었다. 그는 기꺼이 자신을 희생하여 셀프를 빛나게 만들었다. 그의 '연잎'은 관중이었다. 그 모습을 본 수많은 사람이 '연잎'이 되어 루터먼을 다시 빛나는 승자로 대접했다. 진정한 승자는 누구일까.

우리는 승자독식의 세상에 살면서 지나치게 승부에만 집착하지는 않는가. 경쟁자를 누르고 승리를 쟁취하는 일에만 매달리고 있지 않는가. 사용자와 노동자, 정규직과 비정규직, 대기업과 중소기업, 주류집단과 비주류집단, 기성세대와 신세대 등 여러 관계에서 상생의 웃음보다 반목의 양상이 더 많이 보인다. 가진 자는 더 갖는 일에만 혈안이 되어 베푸는 데 인색하고 강자는 약자를 품지 못하며 모두가 죽기 살기로 제 몫만 챙기려 한다면 밝은 내일은 오지 않을 것이다.

서로가 잘되는 사회를 만들어가는 길은 단순하다. 예컨대 대기업은 하도급업체의 형편을 깊이 헤아리고 그들이 자리 잡을 수 있도록 부족한 부분을 지원한다면 도움받은 하도급업체도 대기업과 상생하기 위해 최선을 다할 것이다. 자신이 가진 것을 남을 위해 조금이라도 내어준다면 혜택받은 이는 그 고마움을 잊지 않고 되돌려주려고 노력할 것이다. 사업주가 종업원을 진정으로 가족처럼 대우한다면 종업원은 그 마음을 저버리지 않을 것이다.

살면서 상대를 더 배려하고 돋보이게 하는 '연잎' 같은 역할을 하기란 말처럼 쉽지 않다. 그러나 이해타산을 따지는 냉정한 합리성보다는 따스한 마음을 나누는 쪽이 더 행복할 것이다. 자신을 낮추고 상대를 존중할 때 상대도 그를 존중하고 따를 것이라는 믿음이 필요하다.

신록의 오월, 우리 주변에 사랑의 꽃이 여기저기 피어나길 꿈꾸어본다. (2018. 5. 4)

생각에서 한 걸음 더

지리산 남쪽 끝자락인 구례 오미리에 국가 민속문화재 제8호인 운조루(雲鳥樓)가 있다. 구름 속의 새처럼 숨어 사는 집이라는 운조루는 조선 시대 양반가의 대표적인 집이다. 운조루 고택은 1776년, 조선 영조 때 7년 동안 지은 집이다.

운조루의 주인은 굴뚝을 눈에 잘 띄지 않는 곳에 낮게 만들어 밥 짓는 연기가 멀리 퍼져나가지 않게 했다. 가난한 이들이 이 집의 굴뚝 연기를 보면서 소외감을 느끼지 않도록 배려한 것이다. 또 큰 나무 쌀독에 쌀을 가득 채워 놓고 “타인능해(他人能解)”, 즉 “누구나 이 쌀독을 열 수 있다”라는 글을 붙여두어 굶주린 사람들이 스스럼없이 쌀을 가져갈 수 있도록 이웃을 배려했다. 배려와 나눔을 실천한 운조루의 주인은 연잎 같은 분이었다. 이웃 주민들도 연잎이 되어 지리산의 빨치산이 감히 손대지 못하게 운조루를 지켜냈다.

결국
사람이다

지난 주말, 모처럼 아내와 함께 서울 영등포 청과시장에 있는 단골 과일가게를 찾아갔다. 아내는 10여 년 전부터 그곳에서 과일을 사 왔고 그곳에서 사 온 과일은 언제나 달고 맛이 좋았다. 우리 부부가 가게 안으로 들어서자 주인은 반색하며 맞이해주었다. 반가워하는 기색과 따뜻한 인사말에서 주인의 진심이 전해졌다.

그는 아내가 어떤 과일을 좋아하고 구매해왔는지 잘 알고 있는 듯했다. 주인의 응대 모습에서 자신의 이익보다 고객의 만족을 더 중요시한다는 것이 느껴졌다. 우리 부부는 주인이 말할 때마다 연신 고개를 끄덕였고 망설임 없이 그가 권해주는 사과와 귤을 선택했다. 그렇게 사 온 과일은 기대했던 대로 정말 달고 맛있었다. 사과를 먹을 때마다 친절하고 진실해 보였던 과일가게 주인의 얼굴이 떠올랐다.

금융권에 오래 몸담고 있다 보니 연초가 되면 각 금융회사 대표의 신년사와 경영방침을 눈여겨보게 된다. 언제부터인가 신년사에 어려운 사자성어를 경영 키워드로 표현하는 것이 유행이 되었다. 올해 신년사에도 어김없이 사자성어 경연이 펼쳐졌다. '극세척도(克世拓道: 어려움을 극복하고 새 길을 개척한다)', '파벽비거(破壁飛去: 벽을 깨고 힘차게 날아오른다)', '일심전진 석권지세(一心前進 席卷之勢: 한마음 한뜻으로 노력하면 반드시 이루어낼 수 있다)' 등이 있었다. 해마다 반복되는 신년사 형태에 진부하다는 느낌이 들었다.

대다수 금융회사는 급변하는 영업환경 속에서 새로운 성장 동력을 발굴하고 디지털 금융을 강화하겠다고 했다. 핀테크, 스타트업 기업과의 협업으로 새로운 금융 생태계를 구축하고 종합금융그룹으로 도약한다는 경영목표도 내세웠다. 그러나 정작 금융회사를 이용하는 고객에 대한 서비스 개선, 고객 감동 실현 등의 청사진은 보기 드물었다. 그나마 '결국은 고객 중심'이며 회사의 이익이 아니라 '고객의 가치에 우선'하고 '휴머니티에 입각한 기업문화를 정착하겠다'는 계획에서 일말의 희망을 엿보았다.

고객은 서로 유사한 상품, 서비스와 시스템을 갖춘 금융회사에서 우열과 차별성을 느끼지 못하고 있다. 다른 경쟁사와 확연히 다른 차별성과 강점을 만들어 내지 못하는 금융회사의 장래는 어두울 것이다. 금융회사의 가장 중요한 자산은 직원과 고객이다. 잘 정비되고 제대로 갖추어진 시스템을 실제 운용하는 것은 직원이며 고객이 존재하지 않는 회사는 오래갈 수 없기 때문이다.

금융회사는 중요 자산인 직원 육성에 힘을 쏟아야 한다. 직원들은 체계적인 교육으로 새로운 길을 열어갈 수 있는 전문성과 인간미를 겸비한 인재로 성장해야 한다. 단순히 업무를 처리하는 수준을 뛰어넘어 고객의 마음을 세밀히 읽을 줄 아는 신뢰받는 직원이 되어야 한다. 자신이 조직에게서 인정받고 존중받고 있다는 것을 자각할 때 직원들의 자존감은 높아지고 열정도 커질 것이다. 직원이 주어진 영업목표를 달성하는 것에만 열중하고 고객의 이익은 등한시하는 금융회사는 결국 고객에게 외면당할 수밖에 없다.

거래하는 금융회사가 아시아금융을 선도하는 글로벌은행이 되거나 우리나라 1등 은행이 되고 앞서가는 글로벌 금융그룹이 되면 고객은 저절로 행복해질까? 과연 그런 일이 고객에게 무슨 이득을 더해줄 수 있을까? 고객은 편하게 일 볼 수 있고 자신의 재산을 안정적으로 늘려주며 간절히 원할 때 기꺼이 손잡아 주는 금융회사를 원할 것이다. 많은 이익을 내는 것도 중요하지만 서로 보듬고 더불어 성장하는 동반자와 같은 금융회사를 더 좋아하고 반길 것이다.

"복숭아와 자두는 말을 하지 않아도 나무 밑에 저절로 길이 생긴다(桃李不言 下自成蹊)"라는 말처럼 자사의 장점을 애써 홍보하지 않아도 고객을 진심으로 배려하고 위한다면 고객은 그런 금융회사를 절대로 외면하지 않을 것이다. 올 한 해 금융권에서 사람을, 직원과 고객을 중히 여기는 풍조가 왕성하기를 기대해본다. (2018. 2. 2)

생각에서 한 걸음 더

2019년 여름에 시작된 펀드 환매 중단 사태로 여러 금융회사가 몸살을 겪고 있다. 고객의 가치보다 회사의 이익을 중히 여기고 미래보다는 현재의 실적에만 매달린 탓이다. 결국 사람을 제대로 쓰고 제대로 키워야 한다. 기본을 지키고 바른길을 가는 것이 지름길이다.

속이 비어야
아름다운 소리를 낸다

지난 봄날 이른 아침이었다. 창밖이 시끄러웠다. 까마귀와 까치 울음소리가 뒤섞여 들려왔다. 궁금해서 창문을 열고 바깥을 내다보았다. 까마귀 한 마리가 혼비백산해서 날아가고 까치가 그 뒤를 쫓고 있었다. 다른 한쪽에서도 비명을 지르며 도망가는 까마귀 뒤를 까치가 위협적인 소리를 내며 따라갔다. 까치의 위세에 눌린 까마귀는 멀리 도망가 버렸고 다시는 나타나지 않았다.

그 일을 목격하고 한 달쯤 지난 뒤 까치들끼리의 영역 싸움도 우연히 보았다. 아파트 현관 앞 땅바닥에 넘어져 있는 까치를 다른 까치 한 마리가 부리로 쪼고 발로 밟으며 괴

롭히고 있었다. 공격하던 까치가 인기척을 느끼고 공중으로 푸드덕 날아올랐다. 겨우 위기에서 벗어난 까치는 힘겹게 몸을 일으켜 가까운 나무를 향해 날아가더니 비틀거리며 나뭇가지에 앉아 가쁜 숨을 몰아쉬며 떨고 있었다. 수명이 길어야 10년인 까치의 일생도 하루하루가 순탄치 않음을 느꼈다.

사람 역시 평생 치열하게 경쟁하고 사납게 영역 다툼을 한다. 텃세와 기득권의 견고한 벽을 뚫고 자신의 자리를 마련하기 위해 모든 노력을 기울인다. 문득, 자기 자리를 만들고 영역을 구축하는 일보다 남을 위해 자신을 희생하고 헌신한 한 친구가 생각난다. 민주화의 열풍이 몰아친 1987년 가을이었다.

친구는 지방 근무를 하고 있던 나를 찾아왔다. 당시 그는 급여 수준이 높은 재벌그룹의 금융회사에 다니고 있었다. 그날 밤 친구와 이런저런 얘기를 나누었는데, 친구는 한참 시간이 지나서야 나를 찾아온 사연을 말했다. 친구는 그의 직장노동조합 초대 노조위원장 임기가 머잖아 끝난다고 했다. 이후 제2대 노조위원장을 선출해야 하는데 대다수 노조

원이 친구가 후임 위원장이 되길 바란다고 했다. 친구는 평소 생각조차 않았던 터라 고민이 큰 듯했다.

그해 말, 친구는 제2대 노조위원장으로 선출되었다. 그로부터 3년이 훌쩍 지났다. 친구는 노조위원장직에서 물러난 뒤 현업에 복귀했다가 몇 달 뒤 사표를 냈다. '전 노조위원장'이라는 굴레가 쓰여 처신하는 데 힘들었고 자신의 양심에 반하게 행동해야 하는 상황에 맞닥뜨릴 때마다 힘들고 괴로웠다고 했다. 친구는 작은 중소기업에 취업했고 10년 넘게 많은 어려움을 묵묵히 견디며 지내더니 그 회사를 퇴사했다. 그리고 자신의 회사를 차렸다. 집을 담보로 대출을 받으며 고군분투하는 몇 년의 시간 뒤에 친구의 회사는 어느 정도 자리가 잡혀갔다. 친구는 공장과 사무실 건물을 회사 명의로 장만했다. 남들처럼 개인 명의로 사들여 임대이익을 얻는 일을 피했다. 친구는 지금도 직원들에게 비전을 제시하고 성과를 나누고 함께 땀 흘려 일하며 알찬 회사를 만들어가고 있다. 그런 친구가 자랑스럽다.

우리 주위에는 여러 단체나 조합에서 동료를 위해 자신

을 희생하며 솔선수범하는 이들이 참 많다. 사회가 점진적으로나마 발전하고 많은 단체나 조합이 약자에게 든든한 울타리가 되어주는 것도 그들 덕분이다. 그러나 더러는 자신의 출세와 영달을 위해 거짓 명분을 내세우며 그릇된 일을 추진하는 사람도 있다. 그런 이들은 잠시 세상을 속일 수 있을지 몰라도 영원히 속일 수는 없다. 언젠가는 진실이 세상에 모습을 드러내기 마련이다. 순수성을 잃으면 그동안의 노고가 한순간에 물거품이 되고 만다. 간혹 그런 형태를 보이는 이들 때문에 단체나 조합이 무너지고 상처 입은 조합원과 회원들이 이탈하는 일이 벌어진다. 늘 시작할 때의 마음을 끝까지 잃지 않아야 하는 까닭이다.

아름다운 소리를 내는 것들은 다 속이 비어 있다

줄기에서 슬픈 숨소리가 흘러나와
피리를 만들어 불게 되었다는 갈대도 그렇고
시골집 뒤란에 총총히 서 있는 대나무도 그렇고
(중략)
나도 속 빈 놈이 되어야겠다

"속 빈 것들과 놀아야겠다"라는 공광규 시인의 「속 빈 것들」의 시구처럼 속이 비어야 아름다운 소리를 낸다. 모든 사람이 제 잇속만 채우려다 보면 불협화음이 나게 마련이다. (2018. 6. 29)

생각에서 한 걸음 더

친구는 모 산업단지에 공장 부지를 새로 계약했다. 20년 넘게 직원들과 열심히, 알차게 회사를 성장시킨 덕분이다. 최근 코로나19 사태로 인한 세계적인 경기침체와 국내 경기 부진을 친구는 걱정한다. 그동안 숱한 어려움을 헤쳐 나온 경험과 저력과 지혜를 밑천 삼아 밀려오는 거센 파고를 이겨내길 소망한다.

우리는 모두 한때 아이였다

예순이 훨씬 지나서 한글을 깨우친 할머니들을 소개한 〈내 인생 그림일기 만들기〉라는 기사를 읽었다. 어린 시절 딸이라는 이유로 혹은 집안이 가난해서 학교에 다니지 못한 할머니들이 직접 쓰고 그린 그림일기가 순천시립도서관의 도움으로 전시되었다고 한다. 호기심이 발동하여 순천시립도서관에 전화를 걸어 몇 분 할머니의 소중한 그림일기책을 주문하여 읽어보았다. 그분들의 인생과 꿈이 그림과 함께 소박하고 담담하게 드러나 있었다.

"못 배운 것이 한이 돼서 글을 배우러 다닙니다. 글을 모를 때는 남 앞에 나서는 것이 두려웠지만 지금은 자신감이 생겼습니다"라는 구절을 읽고 순간 가슴이 먹먹했다.

내 꿈 — 어릴 때 내 꿈은 친구들이랑 학교 가는 것이었습니다. 동생들 업어 주느라 학교에 가지 못했습니다. 평생 한이었습니다. 잘생긴 남편을 만나 아들딸 낳고 잘사는 것이 꿈이었습니다. 남편은 잘생겼습니다. 좋았습니다. 그런데 남편은 애들이 어릴 때 세상을 떠났습니다. 행복한 꿈은 산산조각이 났습니다. 혼자서라도 자식들을 잘 키우는 것이 꿈이었습니다. 막노동을 다니고 궂은일을 하며 자식들을 키웠습니다. 다행히 자식들은 착하게 잘 커주었습니다. 앞으로 내 꿈은 건강해서 자식들 고생을 덜 시키는 것입니다.

이 그림일기에는 온몸으로 부딪치며 헤쳐온 한 할머니의 생애가 꾸밈없이 살아 있었다.

가슴 아픈 일 — 남편이 일찍 하늘나라로 가는 바람에 혼자서 2남 2녀를 키웠습니다. 생활이 넉넉지 못해 맘껏 해주지 못한 것이 늘 마음 아팠습니다. 지금도 잊지 못할 가슴 아픈 일입니다. 큰딸이 부산에서 결혼하게 되었습니다. 그런데 그날 폭설이 내렸습니다. 나와 동네 사람들은 전세버스를 타고 부산으로 가고 있었습니다. 그런데 마산쯤 갔을 때 눈이 너무 많이 와서 결혼식장으로 가지 못하고 다시 집으로 돌아왔습니다. 그날 나도 딸도 많이 울었습니다. 자식들은 부족한 나한테 버리지 않고 키워줘서 고맙다고 합니다.

가슴속에 묻어 두었던 사연도 술술 풀어놓고 있었다. 뒤늦게 자신의 인생을 돌아보며 미움과 원망과 후회도 있었지만 행복과 만족이 묻어나는 진솔한 그림일기들이었다.

세상은 빠르게 변하고 있다. 성인이 되면 당연히 결혼하고 아이를 낳고 가정을 꾸려야 한다는 상식이 바뀌고 있다. '가정의 소중함'과 '가족의 의미', '행복을 향한 가치관'이 달라졌기 때문이다. 이제 노인 인구는 증가하고 아이 울음소리는 줄어들고 있다. 취업 문제가 결혼을 주저하게 하고 결혼하더라도 아이의 양육과 돌봄, 교육비가 큰 걱정거리다. 내 집 마련은 더더욱 요원하다. 사정이 이렇다 보니 결혼의 기쁨, 출산의 경이로움, 아이가 안겨주는 행복을 이야기한다는 것은 제 앞가림하기 바쁜 젊은이에게는 남 얘기처럼 들린다.

우리나라는 2005년에 '저출산 고령사회기본법'을 제정하고 저출산 문제를 해결하기 위한 정책을 시행해오고 있지만 별다른 효과를 거두지 못하고 있다. 신생아 출산이 해마다 줄고 있음이 그 증거다. 젊은 세대의 현실적인 고민을 해결해주지 못하면 저출산 현상은 계속 반복될 것이다. 소중한 '가족의 의미'를 회복할 수 있는 문화적인 접근도 필요하다. 〈내 인생 그림일기 만들기〉 속 할머니들이 현실의 고통을 극복할 수 있었던 힘의 원천은 가족 사랑과 헌신이었다.

아파트 화단 앞 벤치에 동네 할머니 서넛이 모여 앉아 유모차에 실려 나온 갓난아이 하나를 어르고 있습니다. 백일이나 됐을까요. 천둥벌거숭이 하나를 빙 둘러싸고 얼럴럴 까꿍, 도리도리 짝짜꿍 난리가 났습니다. 배냇짓을 하는지 사람을 알아본다며 박수를 치고, 옹알이를 하는지 사람의 소리를 낸다며 아이들처럼 좋아합니다.

윤제림 시인의 시 「봄날에」에 나오는 대목이다. 아이는 우리의 미래이고 기쁨이며 행복이다. 이 땅의 어머니, 할머니들이 살아온 이유도 자식 때문임을 잊지 말자. 한때 우리는 모두 아이였다. (2018. 6. 1)

생각에서 한 걸음 더

뒤늦게 한글을 깨우친 할머니들의 글은 강한 여운을 남긴다. 사연 하나하나가 펼쳐질 때마다 그 장면이 눈앞에 그려진다. 어릴 적 수없이 봐왔던 우리의 모습이었다. 먹고살 만한 오늘은 오로지 가족을 위해, 자식을 위해 헌신한 어머니, 할머니의 은공 덕분이다. 그러나 많이 배우고 잘난 자식들이 요즘 힘들어한다.

혁신은
화려함에 있지 않다

요즘 LA 다저스의 새로운 에이스로 떠오른 류현진의 활약이 눈부시다. 그는 2013년 미국 메이저리그에 진출하여 그해 14승을 거두고 이듬해에도 14승을 챙겼다. 그러나 2015년 어깨 수술로, 2016년에는 팔꿈치 수술로 두 해 연속 힘든 재활의 시기를 보냈다. 메이저리그에서 재활 훈련을 받아야 할 정도로 크게 다친 선수가 역경을 딛고 예전의 기량을 완전히 회복하기란 말처럼 쉬운 일이 아니다. 실제로 어깨 수술을 받은 메이저리그 투수 중 7퍼센트 정도만 재기에 성공한다는 통계까지 나와 있을 정도다.

류현진은 우려의 목소리를 잠재우고 올 시즌 최고의 활약을 펼쳐 지난 5월 '이달의 투수'로 선정된 데다 사이영상(Cy Young awards) 후보로도 거론되고 있다. 최근 류현진의 승리에 힘을 보태는 동료 선수가 여럿 있다. 그중에서도 코디 벨린저는 그야말로 특급 도우미 역할을 톡톡히 해내고 있다. 코디 벨린저는 마이너리그에서 뛰다가 2017년에야 메이저리거가 되었다. 그는 그해 39개의 홈런을 치며 내셔널리그 신인상을 받았지만 지난해에는 홈런 25개로 주춤했다. 그러나 2019년 시즌에는 '제일 뜨거운 선수'로 거듭나고 있다.

벨린저의 변신에는 다저스 구단 사장 앤드루 프리드먼의 용단이 숨어 있었다. 프리드먼은 2018년말 타격코치를 새로 영입했다. 메이저리그의 타격코치는 대개 화려한 선수 경력을 가진 이들이 담당하는 보직이지만 프리드먼이 선택한 코치의 경력은 보잘것없었다. 프리드먼은 선수 경력이라고는 대학 2학년 때까지가 전부인 32세의 로버트 반 스코욕을 전격 영입했다.

스코욕은 사설 야구강습소를 운영하던 크레이크 월런브

록 밑에서 선수들의 타격 자세를 교정하며 가르치는 것을 보고 배웠다. 그는 스승의 비디오 분석기법을 완벽하게 숙달한 뒤 한 단계 더 발전시켰다. 스코욕의 이름을 알린 대표적인 사례가 J. D. 마르티네스를 보스턴 레드삭스의 간판타자로 만든 것이다. 프리드먼 사장의 확고한 혁신의지도 대단하지만 그의 결단을 수용한 다저스 선수들의 열린 마음과 태도도 높이 평가할 만하다.

선수들은 자신보다 야구 경력도 내세울 만한 게 없고 무명의 선수 시절을 보낸 낯선 코치를 믿고 따랐다. 그 결과 벨린저는 예전의 타격 습관을 교정하고서 올 시즌 타율, 홈런, 장타율, 출루율 등 전반적인 부문에서 놀라운 기록을 세워가고 있다. 우리나라에서 누군가가 프리드먼처럼 기존의 틀을 깨는 변화와 혁신을 시도했다면 성공할 수 있었을까.

국제축구연맹(FIFA)이 주최하는 2019 20세 이하 남자 월드컵 대회에서 우리는 새로운 신예들을 만났고 그들을 '원팀(One Team)'으로 만든 감독을 발견했다. 정정용 감독은 유명 선수 출신이 아니다. 부상으로 서른 살도 되기 전에 선수생활을 마감하고 어린 중학생을 가르쳤다. 이후 대한축구

협회 전임지도자가 되어 유소년과의 인연을 이어갔다. 스포츠 생리학 박사과정을 거치면서 선수의 마음을 헤아리고 보듬는 지혜도 체득했다.

오랜 기간 축적된 그의 경험은 이번 대회에서 선수들을 '원팀'으로 만들어 자신의 꿈을 실현했다. 그는 예전의 명성과 간판이 반드시 성공을 보장하지 않음을 증명해주었다. 그동안 우리 사회는 이름과 간판에 너무 매몰되어 왔다. 개인의 능력과 실력보다는 학연, 지연, 그리고 연고와 배경을 고려한 인사가 곳곳에 성행했다.

어떤 색깔이든, 완장이 채워지면
누구라 할 것 없이 늑대가 된다.
눈에 띄지 않는 완장을 찬 그들은
법의 테두리 밖에서,
도처에서, 킁킁거리며 어슬렁거린다.
시베리아 늑대만큼 재빠르게,
법위에 올라타서, 법을 주무른다.
늑대에게 한번 찍혀서 물리기만 하면
그 누구도 벗어날 재간이 없다.

(후략)

최서림 시인은「완장」이라는 시에서 자격 미달의 사람이 완장을 차고 저지를 수 있는 폐단을 날카롭게 그려낸다. 모든 분야에서 제대로 자격을 갖춘 이들이 제 역할을 성실히 해내도록 눈을 크게 뜨고 지켜보자. 그래야 완장 차고 행세만 하려는 이들이 제풀에 꺾일 것이다. (2019. 6. 28)

생각에서 한 걸음 더

기존의 잘못된 것, 만족스럽지 못한 것 등을 새롭게 하거나 고치는 것을 혁신이라고 한다. 즉 묵은 관습, 조직, 습관 등을 적절하다고 생각하는 방법으로 새롭게 바꾸는 것이다. 혁신은 새로움을 추구하는 그룹의 전유물이 아니다. 혁신은 조직 구성원과 서비스나 제품을 이용하는 사용자의 판단과 행동에 따라 성패가 갈린다.

기업의 여러 혁신사례와 달리 전남 신안군의 작은 섬에서 일어난 변화와 혁신은 참신하고 감동적이다. 신안군 증도면 기점·소악도는 주민 100여 명이 농사와 어업에 종사하며 살아가는 전형적인 섬마을이다. 기점 · 소악도는 주민의 80퍼센트가 개신교 신자이며 증도면은 우리나라 기독교 역사상 최초의 여성 순교자(문준경 전도사)의 유적이 있는 곳이다. 이들은 섬을 스페인의 '산티아고 순례길'처럼 '기적의 순례길'로 만들기로 했다. 대기점도에서 소기점도, 소악도와 진섬까지 12킬로미터의 순례길을 조성했다. 섬 곳곳에 12개의 작은 예배당(경당)을 지었다. 국내외 공공조각과 설치미술 작가 11인이 참여하여 작지만 아름답고 독특한 외관을 지닌 작품을 만들어 냈다.

2019년 11월 24일, 기점·소악도의 순례길이 정식으로 열렸다. 길을 걸으며 마주치는 섬마을의 아름다운 풍광과 곳곳에서 만나는 두 평 남짓한 12곳의 예배당은 일상에 지치고 힘든 이들에게 위로와 마음의 평화를 안긴다. 최근 3개월 동안 이곳을 찾은 이가 9,000명을 넘어섰다. 지난 5월 연휴 때 나도 이 섬을 다녀왔다. 변화와 혁신은 먼 곳에 있지 않았다.

한국의 '빌리 엘리어트'를 보고 싶다

지난 연말 고향 친구가 문자를 보내왔다. 북한강변 작은 갤러리에서 자신이 직접 디자인하고 만든 의자와 생활소품 전시회를 연다는 소식이었다. 평일에는 짬이 나지 않아 토요일 오후에 갤러리를 찾아갔다. 어릴 적 사소한 일도 생생히 기억하는 친구는 초등학교 5학년 때 온 가족이 서울로 이사했으나 꾸준히 소식을 서로 이어왔다.

친구는 대학을 졸업하고 꽤 이름 있는 금융회사에 들어갔다. 능력도 인정받아 승승장구했다. 그러다가 50대 초반에 갑자기 퇴사했다. 희망퇴직이었다. 그러나 친구는 여전히 꿋꿋하고 씩씩했다. 양평군의 조그만 산골 마을로 내려가 목조 주택을 짓고 무료한 시골 생활을 잘 견뎌냈다. 밤하늘의 별, 나무와 풀과 꽃, 이웃 주민과 잘 어울리며 즐겁게 지냈다.

친구는 목공을 배우기 시작했다. 어린 시절 직접 만들어서 갖고 놀던 팽이, 썰매, 자치기의 나무 향기가 더없이 그리워서라고 했다. 처음에는 일이 서툴렀으나 차츰 손에 익는 듯했다. 틈만 나면 여러 가지 목공 제품을 혼자 머릿속으로 그려보고 스케치했다. 질 좋은 나무를 구하고 재질에 맞게 대패질하면서 의자나 탁자, 생활소품을 만들었다.

그 세월이 쌓여 자신의 분신과도 같은 물건이 하나둘 늘어났고 '작품'으로 인정받는 수준에 올랐다고 했다. 친구는 암담하고 힘들었던 순간을 인내와 끈기로 버티며 인생 2막을 멋지게 펼쳐내고 있었다. 진정 하고픈 일을 하고 있다는 친구의 얼굴은 참 밝아 보였다. 그런 친구가 자랑스러웠다.

오래전에 본 영화 〈빌리 엘리어트〉가 생각난다. 〈빌리 엘리어트〉는 1980년대 영국 탄광지역을 무대로 한 영화다. 빌리의 아버지는 부인과 사별하고 치매 걸린 노모와 아들 둘과 힘겹게 살고 있다. 그는 막내 빌리를 남자답고 씩씩하게 키우고 싶어서 권투를 배우게 한다. 그러나 빌리는 체육관 한 모퉁이에서 소녀들이 배우는 발레에 자꾸만 눈길이 가고 어느새 그들과 발레를 하며 즐거워하는 자신을 발견한다.

발레를 가르치는 여선생은 빌리의 숨은 재능을 알아보고 왕립발레학교 진학을 권한다. 그러나 아버지와 형은 완강히 반대하고 빌리는 좌절한다. 하지만 발레를 향한 빌리의 열정과 타고난 재능을 아버지는 외면하지 못하고 파업대열에서 이탈하여 아들을 위해 지하 채굴장으로 향한다. 동료로부터 배신자라는 손가락질을 받지만 빌리를 위해 기꺼이 희생을 감수하는 아버지는 부인의 마지막 유품인 보석을 팔아 빌리를 런던 왕립발레학교로 데리고 가서 오디션을 보게 한다. 면접관의 차가운 눈빛과 긴장이 흐르는 가운데 한 면접관이 발레를 할 때 어떤 느낌, 어떤 기분인지 묻는다. 빌리는 아무 생각이 들지 않고 춤추는 동안 자신이 자유로워지는 느낌뿐이라고 대답한다.

며칠 뒤 집으로 날아든 우편물을 천천히 열어보는 빌리. 문밖에서 초조하게 결과를 기다리던 가족은 낙방이라 생각하며 조심스럽게 방문을 연다. 두 눈에 눈물이 가득한 빌리는 합격 소식을 전하며 울음을 참지 못한다. 세월이 흘렀다. 첫 공연 날, 아버지와 형이 왔다는 소식을 듣고 빌리는 자신의 순서에 힘차게 무대로 나가 하늘 높이 뛰어오른다. 가족의 이해와 헌신에 힘입어 마침내 자기 꿈을 멋지게 이룬 빌리. 그 순간 그는 한 마리 백조가 된다.

우리의 현실에서 영화처럼 감동적인 이야기를 찾기란 쉽지 않다. 불과 30~40년 전만 해도 자신의 재능과 장래의 꿈보다는 먹고사는 일이 우선이었다. 또 대다수 부모는 자식의 꿈과 재능을 키워줄 능력도 의지도 약했지만 자식들은 자식들대로 집안 형편을 미리 헤아려 스스로 자신의 꿈을 접고 일터를 찾아 나서야 했다.

이제 우리나라도 선진국 반열에 오르게 되었다. 나이와 상관없이 자신이 진정으로 하고 싶은 일에 과감히 도전해 볼 수 있는 토양이 마련되었다. 자신의 꿈을 향해 도전하는 이들이 좀 더 많아졌으면 좋겠다. 실패를 두려워하지 않고 도전하고 또 도전하여 마침내 꿈을 이루는 젊은이가 점점 더 늘어나기를 기대해본다. '남이 한 번 하면 나는 백 번 해본다(人一己百)'는 각오로 맞서길 바란다. (2018. 1. 5)

생각에서 한 걸음 더

친구는 새로운 일에 도전하고 있다. 대안학교를 세우기 위해 거주지 인근에 2년째 직접 새집을 짓고 있다.

꿈은 유효기한이 없다. 미국의 '국민화가'라는 호칭을 얻은 모지스 할머니는 70대 중반 나이에 그림그리기를 시작했다. 99세에 자신의 첫 시집 『약해지지 마』로 베스트셀러 작가가 된 일본의 시바타 도요 할머니는 92세 때 처음 시를 쓰기 시작했다고 한다. 늘 마음속 깊이 갈망하던 자신의 꿈을 이루는 사람은 극히 드물다. 그러나 도전은 아름답다.

2부

행복하자, 아프지 말고

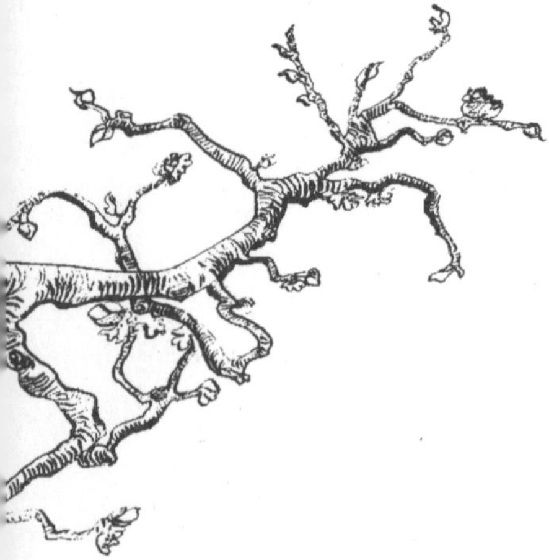

아빠 엄마 웃게,
우리 집 빵 사가세요

장면 1. 해마다 봄, 가을에는 경기도 포천군 송우리에 잠들어 계시는 장인·장모의 산소를 찾아간다. 성묘를 마치면 전국에 브랜드 가맹점까지 낸 유명한 순댓국집 본점에 들러 밥을 먹는다. 몇 주 전, 여느 때처럼 그곳을 들렀다. 종업원들이 늘 밝고 활기차게 "어서 오세요"라며 큰 소리로 인사하던 그 집이 조용했다. 종전에는 자리에 앉자마자 종업원이 다가와 웃는 얼굴로 물병을 주면서 주문을 받았는데 이번에는 호출 벨을 누르자 종업원이 왔다. 눈에 잘 띄는 벽에 '물은 셀프', '반찬은 드실 만큼 가져다 드세요'라고 붙어 있었고 실내 한가운데에 반찬통과 물통이 놓여 있었다. 음식을 먹는 내내 이 집을 떠난 그들은 지금 어디에서 무엇을 하고 있을지 궁금했다.

장면 2. 1년 전, 회사 옆 건물 1층에 있던 편의점이 문을 닫았다. 40대 중반의 편의점 주인이 비싼 임대료를 감당하지 못해 자진 폐업했다는 소문이 났다. 편의점이 있던 자리는 아직도 비어 있다. 공교롭게도 여기서 가까운 모 편의점 본사 앞에 작은 천막이 생긴 지 반년이 지났다. 한두 명이 다리 뻗고 눕기도 불편해 보이는 열악한 천막 농성장이었다. '폐점위약금 폐지하고 희망 폐업', '피해 점주 구제하고 상생 협약' 등의 문구가 눈길을 끌었다. 추운 겨울이 다 지나고 봄이 왔지만 그들은 아직 그 자리에서 목이 쉬도록 외치고 있다.

지난 4월 통계청이 발표한 '2018년 하반기 지역별 고용조사'에 따르면 작년 하반기 음식점업 취업자 수가 제일 많이 감소한 것으로 나타났다. 2018년 하반기 음식점업 취업자는 163만 7,000명으로, 2017년 하반기보다 무려 10만 4,000명이 줄었다. 직업소개소나 고용알선 업체를 통해 단기 또는 일

용직으로 일하는 취업자도 전년 같은 기간보다 8만 5,000명이나 감소했다. 종합 소매업의 취업자 수도 전년 같은 기간과 비교해 3만 7,000명 줄었고 자동차 및 트레일러 제조업 취업자는 4만 1,000명 줄었다. 그러나 복지시설 운영업, 입법 및 일반 정부 행정 분야의 취업자는 각각 10만 8,000명, 2만 4,000명 늘었다. 일자리를 잃은 수많은 사람은 언제쯤 새로운 일자리를 얻을 수 있을까.

대다수 실직자는 재취업을 시도하고 마지막 대안으로 창업을 선택하는 길을 걷게 된다. 그러나 자영업 현실은 녹록하지 않다. 통계청의 경제활동인구조사 자료에 따르면 2018년 우리나라의 자영업자는 563만 8,000명으로 전년 대비 4만 4,000명이 줄었다. 자영업자 수는 2002년 621만 2,000명을 정점으로 점차 감소하고 있다. 자영업자 비중은 2017년 기준 25.4퍼센트로 OECD 회원국 중 5위 수준이다. 자영업자 대부분 평생 모은 돈과 금융기관 차입금으로 창업을 시작하지만 생존율은 지극히 낮다. 위기의 자영업을 살리는 방안 마련이 시급하다. 우선 생계형 자영업 창업희망자를 대상으로 철저한 사전교육과 실습 과정이 필요하다. 정부나 지자체는 업종과 지역의 경쟁상황을 한눈에 볼 수 있는 데이터를 구축하고 데이터 기반 창업컨설팅을 하여 자영업자의 신규 진입을 조절해야 한다. 창업 컨설팅을 받은 창업 희망자를 대상으로 해당 업종에서 현장경험을 충분히 쌓는 사전교육으로 성공확률을 높일 수 있을 것이다. 물론 사전교육에 필요한 교육비 지원과 업소선정 작업은 선결 조건이다. 기존 자영업자 대상으로 현장 분석과 대안을 제시하는 조직을 가동하고 필요자금을 지원하는 등 자생력을 높이는 방안도 마련해야 한다.

빵집은 쉽게 빵과 집으로 나뉠 수 있다
큰 길가 유리창에 두 뼘 도화지 붙고 거기 초록 크레파스로
아저씨 아줌마 형 누나님
우리집 빵 사가세요
아빠 엄마 웃게요, 라고 쓰여진 걸
붉은 신호등에 멈춰 선 버스 속에서 읽었다 그래서
그 빵집에 달콤하고 부드러운 빵과
집 걱정 하는 아이가 함께 있는 걸 알았다
(후략)

이면우 시인은 「빵집」이라는 시에서 힘들게 생계를 이어가는 부부와 아이의 모습을 담담히 담아낸다. 그 빵집이 어딘지 찾아가서 빵을 사고 싶다. (2019. 6. 1)

생각에서 한 걸음 더

이면우 시인의 시 「빵집」은 2001년에 펴낸 그의 시집 『아무도 울지 않는 밤은 없다』에 수록된 작품이다. 아빠 · 엄마를 걱정하던 아이의 빵집은 20여 년이 지난 지금도 그 자리에 잘 있을까. 그 아이는 잘 자라 어엿한 사회인으로 성장했을까. 자영업의 형편은 그때나 지금이나 특별히 나아지지 않았으리라. 엎친 데 덮친 격으로 올해 들어 코로나19가 자영업자에게 찬물을 끼얹고 있다. 서민의 삶은 여전히 팍팍하고 몹시 힘들다.

'두 소년'은
어떻게 되었을까

얼마 전, 우연히 새로 나온 책을 소개하는 글에서 눈길을 끄는 책이 있어 바로 사서 읽었다. 『괜찮아 엄마, 미안해하지 마』라는 책이다. 여덟 살 딸을 혼자 남기고 암으로 이승의 삶을 마감하게 되는 40대 엄마를 돌본 어느 호스피스 봉사자의 기록이다. 엄마·아빠는 이혼했고 엄마의 암 투병으로 아이는 친척의 도움도 여의치 않아 보육원으로 갔다. 가끔 만나는 딸아이가 엄마는 제일 큰 걱정거리였다.

호스피스 봉사자는 아이에게 엄마의 죽음을 어떻게 이해시킬까 진지하게 고민한 끝에 엄마가 아이에게 들려주고 싶은 말을 성장 시점에 맞추어 준비하도록 했다. 엄마는 딸이 초등학교 졸업할 때, 초경을 시작할 때, 처음으로 남자친구를 사귈 때 엄마로서 하고픈 말을 남긴다. 그사이 딸아이도 너무나 가슴 아프고 힘든 일인 엄마를 떠나보낼 준비를 한다. 생명의 끝은 새로운 시작이 된다. 엄마와 영원히 이별한 뒤 딸은 보육원 생활을 하면서 엄마가 "지켜줄게"라는 말과 "항상 지켜본다"라는 말을 기억한다. 딸은 '엄마가 항상 지켜본다!'라는 글귀를 적어 자신의 책장에 붙여놓았다.

보호자가 없거나 보호자로부터 이탈된 아동, 또는 보호자가 아동을 학대하거나 양육할 능력이 없는 경우를 '보호 대상 아동'이라고 부른다. 보호 대상 아동은 시설이나 가정보호를 받는다. 보호 대상 아동의 발생은 경제 및 경기침체와 밀접한 관련이 있다. 1997년 외환위기와 2008년 글로벌 경제위기 당시 보호 아동의 수가 많이 증가한 것을 보면 좀 더 명확해진다.

보건복지부 자료에 따르면 보호 아동은 2000년에 9,085명, 2005년 9,420명, 2010년 8,590명, 2015년 4,503명, 2017년에는 4,121명이 발생했다. 2017년 보호 조치 아동의 발생 원인은 아동학대가 1,437명, 미혼 부모 및 혼외자 850명, 부모 이혼 등 754명 순이다. 부모 사망이나 빈곤도 주요 요인이었다. 이런 아이들이 2017년 말 기준으로 280개 시설에 1만 2,789명이나 된다. 우리는 이 아이들이 당당한 사회인으로 성장해 살아가도록 잘 보살피며 관심을 두는지 의문이다.

굵은 눈이 막 올 때는
두 소년이 생각난다

어느 해 어느 날인지는 가마득해 잊었지만
땔감을 사러 보육원에서 트럭이 온 날이었다

산 밑 우리 집에 따라와
땔나무를 싣던 두 소년

트럭 짐칸에 타고
굵은 눈 속으로 멀어져간

두 소년은 나와 또래라 했다

문태준 시인의 「두 소년」이라는 시를 읽다 보면 하얗게 눈 맞으며 짐칸을 타고 멀어져가는 두 소년의 모습이 선연히 그려진다. 두 소년은 지금 어디서 무엇을 하며 어떻게 살고 있을까.

만 18세가 되면 보호 아동은 보육원을 나와야 한다. 아동복지법이 그렇다. 국가는 자립정착금 명목으로 300~500만 원을 손에 쥐여주고 사회로 내보낸다. 보호 아동은 이 돈을 밑천 삼아 자립해야 한다. 그 정도 지원으로 그들은 과연 일어설 수 있을까. 당장 거처할 곳을 마련해야 하고 매끼 식사 해결도 절실한 문제다. 상급학교 진학은 사치에 가깝고 생계를 유지하기 위한 일자리 구하기도 녹록지 않은 것이 현실이다.

정부는 2020년부터 보호가 종료되는 청소년에게 자립 수당 명목으로 월 30만 원씩 5년간 지급하기로 했다고 한다. 그 지원금이 어려운 형편의 청소년에게 보탬이 되겠지만 여전히 턱없이 부족한 것도 사실이다. 보호 대상 기간을 늘리는 일, 대학 진학을 돕는 일, 일자리를 알선하는 일, 안정된 주거환경을 마련해주는 일 등 세심한 보살핌이 뒤따를 때 자립이 가능할 것이다.

열매를 솎아보면 알지
버리는 일이 얼마나 어려운가를
(중략)
삶도, 사랑도 첫 마음 잘 솎아야
좋은 열매 얻는다는 걸 뒤늦게 알았네
나무는 제 살점 떼어내는 일이니 아파하겠지만
굵게 잘 자라라고
부모님 같은 손길로 열매를 솎는 5월 아침
세상살이 내 마음 솎는 일이
더 어렵다는 걸 알았네

배한봉 시인의 「복숭아를 솎으며」 한 구절처럼 보호아동에 대한 우리 마음속 편견과 무관심을 솎아내고 부모 같은 손길로 그들을 따뜻하게 보듬어 실한 열매를 맺도록 키워 간다면 얼마나 좋을까. (2019. 5. 3)

생각에서 한 걸음 더

해마다 만 18세가 되어 홀로서기를 해야 하는 보호 종료 아동은 2,600명 가까이나 된다고 한다. 앞길이 막막한 열여덟 살 어린 어른은 어떤 길을 걸어갈까. 어떻게 살아갈까. 보건복지부는 아이들이 사회에 잘 정착할 수 있도록 자립 수당을 월 30만 원 지급하고 매월 최대 15만 원의 주거비 지원도 하고 있다. 50만 원 상당의 생활 필수 집기나 물품도 지원한다. 또 여러 가지 부수적인 지원 프로그램을 수행하고 있음을 알리고 있다.

그러나 민법상 미성년인 만 18세가 된 청소년을 보호시설 밖으로 떠나보내는 현행 아동복지법을 우선 개정하여 보호 종료 연령을 높이거나 보호 종료 아동의 요청이 있으면 보호기간을 연장할 수 있도록 하면 어떨까. 18세 청소년은 세심히 돌봐주는 어른의 손길이 아직도 필요한 나이다. 그들도 엄연히 우리의 귀한 자녀다.

행복하자,
아프지 말고

지난 11월 16일, 토요일 아침이었다. 모 일간지 주말판 1면 하단에 실린 사진 한 장이 눈에 들어왔다. 주름지고 거칠어진 손을 희고 고운 손이 살포시 감싸는 사진이었다. 사진 속 인물은 건설 현장에서 50년 넘게 막노동을 해온 아버지와 잘 자란 아나운서 딸이었다. 이 부녀의 애틋한 이야기가 1면과 2면에 걸쳐 이어졌다.

자신의 이야기를 담은 신문 기사도 딸이 자신에 대해 쓴 책도 읽지 못하는 아버지는 학교를 제대로 다니지 못했다. 50년 넘게 건설 노동자로 살면서 매일 새벽 4시 30분에 집을 나섰다가 저녁에 퇴근해 8시가 넘으면 잠이 드는 아버지. 그렇게 아버지는 자식 세 명을 키워냈고 막내딸은 아나운서가 됐다. 아버지의 거친 손이 부끄러웠던 딸은 아버지의 직업을 숨겼지만 뒤늦게 깨달았다. 평생 정직하게 노동하고 열심히 삶을 일궈낸 부모가 자신을 사랑으로 키워냈다는 것, 그 자체가 하나의 기적임을. 임희정 아나운서는 아버지와 어머니, 그리고 자신의 삶을 기록한 『나는 겨우 자식이 되어간다』라는 책을 지난 10월에 출간했다.

11월 21일, 모 일간지 1면 하단에 "오늘도 3명이 퇴근하지 못했다"라는 굵은 글씨의 헤드라인 좌우로 1,200명의 사망자 명단이 실려 있었다. 2018년 1월 1일부터 2019년 9월 말까지 산업현장에서 사고로 사망한 이의 이름과 나이, 사망원인이 별다른 서술 없이 간명하게 인쇄된 기사였다. 〈매일 김용균이 있었다〉라는 제목의 특별 기획시리즈의 출발이었다.

이 기획 기사는 '날마다 한 명꼴로 떨어져 죽고 사흘에 한 명 끼어서 죽는' 참담한 현실을 조용한 어조로 강력히 고발했다. 기사는 '곳곳이 지뢰밭인 안전 사각의 소규모 현장'을 묘사하고 그런 죽음의 자리로 또다시 밥벌이하기 위해 가야만 하는 이들의 가슴 아픈 현실을 오롯이 담고 있다. 기획 기사는 노동자의 죽음에 무감각해진 우리 사회에 경종을 울렸으며 현장 노동자의 생명과 안전은 기업의 이윤추구나 비용절감보다 훨씬 더 고귀한 가치임을 일깨워주었다.

2018년에 29만 8,820명이 사망했다. 주요 사망원인은 암, 심장질환, 폐렴, 뇌혈관 질환, 고의적 자해(자살) 순이었다. 그러나 10~39세의 사망원인 1위, 40~50대의 사망원인 2위는 놀랍게도 고의적 자해였다. 한해 1만 3,670명이 스스로 생을 마감했다. 통계청의 '2018년 생명표'에 따르면 2018년 출생아의 기대수명은 82.7년이다. 아프지 않고 건강하게 사는 기간은 64.4년이라고 한다. 나머지 18.3년은 질병과 사투를 벌이며 살아간다는 의미다. 우리가 흔히 건강히 지내라고 주고받는 인사말 속에 담긴 뜻을 새삼 되새긴다.

몇 년 전, 고향 다녀오는 길에 차 안에서 들었던 〈양화대교〉라는 노래가 생각난다. 생소한 리듬이었지만 마음을 울리는 가사에 끌려 여러 번 반복해서 들었다. "우리 집에는 매일 나 홀로 있었지/ 아버지는 택시드라이버/ 어디냐고

여쭤보면 항상 양화대교/ (…) 새벽마다 퇴근하신 아버지 주머니를 기다리던/ 어린 날의 나를 기억하네/ 엄마 아빠 두 누나/ 나는 막둥이, 귀염둥이/ 그날의 나를 기억하네/ 행복하자 우리 행복하자/ 아프지 말고 아프지 말고 행복하자"라는 가사의 노래다.

'아프지 말고 행복하자'라는 일종의 자기암시와 소망을 뛰어넘는 애절한 열망으로 가득 차 있었다. 사는 동안 아프지 않는 것이 큰 축복이며 일상의 무탈함이 큰 행복임을 대다수 사람은 잊고 있다. 너무 큰 것을 바라고 매달리다가 일상의 소소한 행복을 놓치기 쉽다.

우리 살아가는 일 속에
파도치는 날 바람부는 날이
어디 한두 번이랴
그런 날은 조용히 닻을 내리고
오늘 일을 잠시라도
낮은 곳에 묻어두어야 한다
(중략)
사랑하는 이여

상처받지 않은 사랑이 어디 있으랴
추운 겨울 다 지내고
꽃 필 차례가 바로 그대 앞에 있다

김종해 시인의 시 「그대 앞에 봄이 있다」처럼 어렵고 힘든 시기가 다 지나가고 나면 반드시 봄날이 온다는 희망을 간직하면 좋겠다. 모두에게 새해는 희망을 꽃피우는 한해가 되길 소망한다. 아프지 말고 행복한 새해. (2019. 12. 20)

생각에서 한 걸음 더

2019년 산재 사망자는 2,020명, 하루에 5~6명이 집으로 돌아가지 못했다. 충무공 이순신 탄신일인 4월 28일은 '세계 산재 사망 노동자 추모의 날'이기도 하다. 2020년 4월 29일, 이천 물류창고 공사장 화재로 38명이 목숨을 잃었다. 합동분향소를 다녀온 김훈 작가는 "우리는 왜 한 걸음도 앞으로 나아가지 못하는가. 우리는 왜 넘어진 자리에서 거듭 넘어지는가. 우리는 왜 빤히 보이는 길을 가지 못하는가. 우리는 왜 날마다 도루묵이 되는가. 우리는 왜 날마다 명복을 비는가. 우리는 왜 이런가."(《한겨레신문》, 2020. 5. 7 〈김훈 칼럼〉)라는 질문을 한다.

코로나19 사망자가 250명을 넘어섰다. 나라마다 빗장을 걸어 잠그고 서로가 서로를 경계하는 시대가 되었다. 자유롭게 다니고 학교를 가고 일터로 출근하고 해외여행도 다니던 시절이 한순간 아득한 옛날처럼 느껴지는 시간이다. 무탈한 일상이 너무나 큰 행복임을 절감한다. 말할 수 있고 걸어 다닐 수 있고 두 눈으로 볼 수 있고 숨 쉬고 있음이 기쁨이며 행복한 순간들이다.

나눔의 꽃을 피운 아름다운 사람들

장면1. 부부는 초등학교도 다니지 못했다. 손수레 하나에 의지하여 과일 노점상을 차렸다. 교통비가 아까워 매일 새벽 한 시간씩 도매시장에 걸어가서 과일을 떼다가 팔았다. 노점 근처 식당의 허드렛일을 거들어주며 끼니를 때우곤 했다. 10여 년 알뜰살뜰 모은 돈에 대출받은 자금을 합해 상가 건물을 한 채 장만했다. 남들이 내놓은 헌 옷을 주워다 입으며 차곡차곡 재산을 늘려갔다. 환갑과 칠순, 팔순 잔치도 하지 않았다. 나이가 들어 정신도 흐릿해지고 몸도 아파져 오자 큰 결단을 내렸다. 일생을 바쳐 마련한 땅과 건물 여덟 채를 가난한 학생들을 위해 아들이 졸업한 고려대에 기부했다. 자그마치 400억 원이나 되는 거액을.

장면2. 그는 청계천 부근 판자촌에서 태어났다. 가정형편이 어려워 고등학교도 겨우 졸업했다. 생활 여건에 굴하지 않고 스물여섯 살 늦은 나이에 대학에 들어갔고 나중에는 국비 장학생으로 선발되어 프랑스에서 박사학위를 받았다. 1984년부터 1991년까지 한국과학기술원 교수로 후학을 가르쳤다. 교수직을 그만둔 그해, 수원에서 《생활정보신문》을 창간했다. 온 힘을 다해 노력한 결과 생활정보신문 《수원교차로》는 140명의 직원이 일하는 건실한 업체로 성장했다. 2002년 가족의 동의를 받아 회사 주식 90퍼센트(당시 평가액 180억 원)와 현금 15억 원을 아주대학교에 기부했다.

첫 번째 사연은 지난해 10월, 김영석(91) · 양영애 씨(83) 부부가 과일가게로 평생 모은 거액을 형편이 어려운 학생들을 위해 기부한 이야기다. 부부는 "평생 구두쇠라는 소리를 들었지만 나 같은 밑바닥 서민도 인재를 기르는 데 보탬이 될 수 있어서 정말 기쁘다"고 했다. 순수하고 고귀한 마음에 절로 고개가 숙어진다.

두 번째 사연의 주인공은 작년 12월 31일, 세상을 떠난 고(故) 황필상 박사다. 그의 아름다운 기부는 초반에 순조롭게 진행되었다. 몇 년 동안 733명의 학생에게 40억 원이 넘는 장학금을 전달했다. 그러나 2008년, 세무 당국은 장학재단에 재산을 기부한 것은 편법으로 상속하기 위함이라고 보고 100억 원의 증여세와 연체 가산금 40억 원을 부과했다. 장학재단과 그의 개인재산에 압류조치가 내려졌다. 지루한 법정 공방이 이어졌고 2017년 대법원은 "경제력 세습과 무관하게 기부를 목적으로 한 주식 증여에 거액의 증여세를 부과하는 것은 부당하다"고 판결하여 그의 손을 들어주었다. 그해 말, 국회에서 '상속세 및 증여세법 개정안'이 통과되었다. 선의의 기부자가 세금 걱정 없이 주식을 사회에 내놓을 수 있도록 하는, 일명 '황필상 법'이다. 그는 큰길을 새로 내고 굳건히 바닥을 다진 작은 거인이었다.

통계청의 사회조사 통계에 따르면, 2017년 우리 국민의 기부 참여율은 26.7퍼센트로 2011년 36퍼센트를 정점으로 해마다 하락하고 있어 기부문화가 후퇴하고 있음을 보여준다. 경제 규모의 성장과 달리 기부문화는 오히려 퇴보한 이유가 무엇일까. 무엇이 남을 돕겠다는 아름다운 마음을 흔드는 것일까. 기부 잘못하면 공연히 피곤한 일만 생긴다는 불신, 기부금에 대한 기대 이하의 세제 혜택, 그리고 기부금 사용이 투명하게 집행되지 않는다는 의심이 기부를 주저하게 하는 요인일 것이다. 기부자에 대한 존중과 혜택이 뒤따라야 하고, 기부금 모집단체가 기부금의 투명한 집행명세를 기부자에게 상세히 공개하도록 제도적 장치를 마련해야 식어가는 기부문화를 되살릴 수 있을 것이다. 간혹 일부 계층의 공익재단 기부를 통한 편법 증여 사례도 더는 없기를 고대한다.

"주어진 일에 감사하면서 너희가 할 수 있는 최선을 다해라. 그리고 여력이 있거든 인정을 베풀어라. 남을 위해서도 살아라. 내 이웃이여! 사랑합시다. 줍시다. 100년 인생도 순간이라오!"

황필상 박사가 두 딸에게 남긴 유언이다. (2019. 4. 5)

생각에서 한 걸음 더

기부를 꼭 돈으로만 하는 것은 아니다. 자신의 재능을 사회에 기부할 수 있고 봉사하며 흘리는 땀방울도 소중한 기부다. 큰돈이 아닌 소액을 기부하는 마음도 귀하고 아름답다. 자신이 가진 것의 대부분을 내놓는 이들을 보면 절로 머리가 숙어진다. 어려움에 맞닥뜨린 이웃을 돕는 우리 고유의 상부상조 정신이 계속 이어진다면 세상은 얼마나 더 살기 좋아질까.

삭막한 세상을 살 만한 세상으로 만드는 기부금을 허투루 사용해서는 안 된다. 관련 단체나 기관은 기부한 사람의 따뜻한 마음과 뜻에 맞게 투명하고 엄중히 집행해야 하며 사후에 집행 내용을 명백히 밝혀야 한다. 그래야 잡음이 없다.

빈곤이 일상인 노인이 기댈 곳은?

달포 전, 서울대학교 사회공헌 동아리 '인액터스'가 설립한 소셜벤처 '끌림'의 사연이 모 신문에 소개되었다. 폐지를 줍는 어르신들을 위해 리어카에 광고판을 부착하는 방안을 실행에 옮긴 가슴 훈훈한 사연이었다. 학생들은 폐지를 팔아 근근이 살아가는 노인들을 도울 방안을 찾다가 먼저 무거운 리어카 무게를 줄이고 광고를 수주하여 추가수익을 창출하기로 했다. 그들은 직접 리어카를 설계하고 경량소재를 활용하여 리어카 무게를 절반으로 줄이는 데 성공했다. 그다음에 리어카 옆면에 광고판을 부착했고, 관공서와 기업을 찾아다니며 광고주를 구했다. 그 결과 학생들은 30여 건의 광고를 유치하는 데 성공했고 폐지를 줍는 노인들은 한 달에 7만 원 정도의 추가 수입을 얻을 수 있었다. 2016년, 서울 광진구에서 이 일을 시작한 이들은 지금 150여 명을 돕고 있다.

파지 1kg 50원
신문 1kg 100원
고철 1kg 70원
구리 1kg 1400원
상자 1kg 100원
(중략)
삶이 얼마나 무거워져야 가벼워지는지 모르는
허리 굽은 이가 저울 위에 그의 전부를 올려놓는다
먼저 무게를 다 달고 난 이가 멀찍이서
그, 저울눈을 슬쩍슬쩍 훔쳐보며 견줘보고는 배식배식 웃는다
햇빛 환한 마당에는 좀 더 무거워야 가벼워지는
삶이 순해진다

시인 설정환은 시 「삶의 무게」에서 빈곤한 노인의 삶을

아릿한 시선으로 담아낸다.

통계청의 '2018년 고령자 통계'에 따르면, 65세 이상 인구는 738만 1,000명으로 전체 인구의 14.3퍼센트를 차지한다. 고령자 생활비는 주로 본인이나 배우자가 직접 마련하는 비율이 61.8퍼센트에 달한다. 자녀나 친척이 지원하는 비율은 25.7퍼센트, 정부 및 사회단체의 도움은 12.5퍼센트 수준이다.

고령자 65~69세 고용률은 45.5퍼센트, 70~74세 고용률은 33.1퍼센트로 유럽연합 28개국보다 높다. 고령자 취업 활동이 이렇게 높은 것은 연금소득이나 가족의 지원만으로는 생계유지가 힘들기 때문이다. 55~79세의 연금수령자는 이들의 절반도 안 되는 45.6퍼센트 수준이며 월평균 연금수령액도 57만 원에 불과하다. 2016년 우리나라 65세 이상 노인 인구의 상대적 빈곤율은 43.7퍼센트로 유럽연합 28개국과 비교해 가장 높은 수준이다. 상대적 빈곤율이란 소득이 중위소득의 절반도 안 되는 빈곤층이 전체 인구에서 차지하는 비율로, 상대적 빈곤율이 높다는 것은 그만큼 가난한 국민이 많다는 것을 의미한다.

정부는 '노인일자리 및 사회활동 지원사업'을 지난 1월부터 앞당겨 시행했다. 일자리도 지난해보다 10만 개 정도 늘어난 61만 개이며 예산 1조 6,487억 원이 투입된다고 밝혔다. 정부의 노년층 일자리 창출도 필요하지만 복지 사각지대에 놓인 노인이 없도록 지역공동체의 관심과 부단한 노력도 병행되어야 한다. '송파 세 모녀 사건'이나 생활고에 지쳐 스스로 목숨을 끊은 '중랑구 모녀 사건' 같은 비극은 구멍 뚫린 사회안전망, 공동체의 붕괴와 이웃과의 단절이 빚어낸 우리의 민낯이다.

굽은 허리가
신문지를 모으고 상자를 접어 묶는다.
몸빼는 졸아든 팔순을 담기에 많이 헐겁다.
승용차가 골목 안으로 들어오자
바짝 벽에 붙어선다
(중략)
차가 지나고 나면
구겨졌던 종이같이 할머니는
천천히 다시 펴진다.

밀차의 바퀴 두 개가
어린 염소처럼 발꿈치를 졸졸 따라간다.

늦은 밤 그 방에 켜질 헌 삼성 테레비를 생각하면
기운 싱크대와 냄비들
그 앞에 선 굽은 허리를 생각하면
목이 멘다
방 한구석 힘주어 꼭 짜놓았을 걸레를 생각하면.

김사인 시인은 시 「바짝 붙어서다」를 통해 빈곤이 일상인 할머니의 힘든 삶을 아프게 그려낸다. 사회공헌 동아리 젊은이들의 따뜻한 시선과 열정처럼 우리 사회가 노인의 빈곤에 주목하고 해결방안을 강구해야 할 때다. 빈곤의 악순환을 더 보고만 있지는 말자. (2019. 3. 8)

생각에서 한 걸음 더

이번 칼럼이 나간 며칠 뒤 낯선 이의 전화를 받았다. 뜻밖에도 「삶의 무게」를 쓴 설정환 시인이었다. 시인은 자신의 시를 알려주어서 고맙다는 인사와 함께 필자와 통화를 하고 싶어서 여기저기 수소문한 끝에 통화가 되어 기쁘다고 했다. 예상치 못한 시인과의 대화는 오래 이어졌다.

전남 광주에 사는 시인은 자신의 아파트 인근 고물상을 지나다가 이 시를 지었다고 했다. 세상을 향한 따스한 시선을 간직하고 어두운 곳을 헤아리는 글을 계속 기대한다는 덕담도 나누었다. 이후로도 종종 안부를 나누는 사이로 발전한 것이 큰 기쁨으로 남는다.

2019년 여름, 전주 여인숙에서 화재로 노인 세 명이 숨졌다. 그 중 2명은 폐지를 주워 생계를 이어온 것으로 알려졌다. 2020년 1월, 서울시 서대문구 북아현동 1층 단독주택에서 화재가 발생하여 80대 여성 1명이 숨졌다. 불이 난 집에 혼자 살던 할머니는 폐지를 주워 팔면서 어렵게 생활해왔다고 한다. 빈곤이 일상인 노인들의 가슴 아픈 사연이 끊이지 않고 들려온다.

아이를 잘 키우는 일에 발 벗고 나서야 한다

출산 휴직 중인 새댁은 복직할 날이 두어 달 앞으로 다가오자 분주해졌다. 시댁이 가까이 있어 여러모로 의지가 되지만 생후 18개월밖에 지나지 않은 딸아이 보육이 큰 걱정인 듯했다. 하루 몇 시간 동안 아이를 돌봐줄 어린이집을 알아보느라 며칠째 발품을 팔고 다녔다.

종종 뉴스에서 들었던 보육교사의 아이 학대 사건이 머릿속에 떠오르자 자기 일처럼 절로 몸이 떨렸다. 국공립 어린이집을 수소문하여 찾아가 보았지만 그곳은 이미 초만원이었다. 주변에서 추천하는 민간어린이집도 대기인원이 넘쳤다. 우여곡절 끝에 가정어린이집 한 군데를 정하고 아직

말문도 트이지 않은 딸아이를 두세 시간 보내보기로 결정했다.

엄마 곁을 잠시도 떠나보지 않았고 낯가림도 심한 아이가 새로운 환경에 잘 적응할지 무척 염려되었다. 어린이집에 데리고 간 첫날, 아이는 떨어지지 않으려고 악을 쓰며 울었지만 새댁은 이를 악물고 아이를 맡겼다. 울고불고하는 딸아이 모습이 애처로워 눈물을 흘렸다. 이런 소동이 매일 아침 이어졌다.

어느 날 아침, 방실 웃으며 안녕 인사까지 나눈 뒤 어린이집으로 들어가는 딸아이를 보며 새댁은 안도의 한숨을 내쉬었다. 회사에 출근하면 장차 아이를 돌봐야 하는 시어머니를 생각하니 이내 마음이 무거워진다. 환갑도 지난 시어머니는 또 무슨 고역인가.

맞벌이 젊은 부부에게 시댁이나 친정이 생활권 내에 있고 양가의 부모가 생존해 있으면 최상의 조건이다. 만약 양가가 그들과 멀리 떨어져 있으면 아이를 돌보는 셈법이 복잡해진다. 아기 돌보미에게 전적으로 의존하거나 친정이든 시댁이든 어느 한쪽이 짐을 져야 한다. 그래도 이런 경우는 비교적 상황이 좋은 편이다. 각자 처한 가정형편에 따라 아이 보육은 화급한 고민거리이자 가정의 평화를 위협하는 문제로 대두된다. 영유아를 돌보는 어린이집 사정도 썩 좋지 않다.

보건복지부가 발표한 '2017년 보육통계'에 따르면, 2017년 말 전국의 어린이집은 4만 238개다. 부모들이 선호하는 국공립 어린이집은 고작 3,157개로 전체의 7.8퍼센트에 불과하다. 민간어린이집과 가정어린이집은 83.7퍼센트인 3만 3,701개로 민간부문이 전적으로 책임지고 있다. 직장어린이집은 1,053개로 2.6퍼센트 수준이다. 2017년 말 기준으로 5세 미만 영유아 264만 명 중 절반을 조금 넘는 145만 명만 어린이집을 다닌다. 나머지 아이는 어디서 누가 돌보고 있을까. 아이 돌봄의 제도적 혜택이나 가족과 사회적인 지원을 받지 못하는 아이는 또 얼마나 될까.

천년 고목도
한때는 새순이었습니다.
새 촉이었습니다.
새싹 기둥을 세우고

첫 잎으로 지붕을 얹습니다.

(중략)

새싹이 자라 숲이 됩니다.

아기가 자라 세상이 됩니다.

(후략)

이정록 시인의 시 「우주의 놀이」처럼 아이들은 우리 미래의 새싹이다. 새싹이 자라 만들 세상은 지금보다 나은 세상이 되어야 한다. 새싹을 잘 돌보는 일이 무엇보다 중요한데 현실은 지극히 어둡고 암담하다.

일자리 구하기가 힘든 요즘, 결혼을 미루는 젊은이들이 넘쳐난다. 설사 결혼하더라도 아이 낳기를 주저한다. 집값은 상상 이상으로 치솟아 내 집 마련이 요원하고, 주변에서 보고 들은 육아와의 전쟁도 감당하기가 벅찬 그들은 차라리 골치 아픈 현실을 포기하고 싶은 유혹에 빠질 수 있다. 결국 해답은 이들의 골칫거리를 해결하는 데서 출발해야 한다.

우선 경제가 활력을 되찾아야 한다. 그래야 일자리가 늘어난다. 집값 안정은 물론 젊은 부부들의 보금자리도 원하는 곳에 공급을 확대하여 내 집 마련의 기회를 많이 주어야 한다. 젊은 부부의 가장 큰 걱정은 육아 문제다. 아이 키우는 짐을 나라가 덜어주고 삶의 질을 높이는 정책을 세심하게 지속해서 추진하는 것이 필요하다. 국공립 보육시설도 늘리고 보육교사 양성에도 신경을 써야 한다. 정부와 각 지방자치단체가 아이를 키우는 엄마의 고충을 귀담아듣고 앞장서서 문제를 해결하는 모습을 보고 싶다. 아이는 우리의 미래이자 희망이다. 아이를 잘 키우는 일에 너나없이 발 벗고 나서야 한다. (2019. 2. 8)

생각에서 한 걸음 더

첫 손녀가 곧 세 돌이 된다. 어느 날, 아들이 지나가는 말인 듯 둘째 아이 계획을 꺼냈다. 순간 아내와 나는 서로 눈이 마주쳤다. 별다른 대꾸를 할 수 없었다. 맞벌이하는 아들내외 탓에 아내가 전적으로 손녀를 돌보고 있다. 아이는 무한한 기쁨과 행복이지만 돌보는 일은 정말 힘들다. 아이는 저절로 자라지 않는다. 보육은 정성과 사랑과 헌신을 요구한다.

우리나라 인구가 줄어들고 있다. 2020년 2월 사망자 수는 2만 5,419명, 출생아 수는 2만 2,854명이었다. 그러나 결혼과 출산, 육아, 주택, 일자리 문제 등 어느 한 곳이라도 막히면 신생아 울음소리는 점점 줄어들 것 같다. 어떻게 해야 하나.

집의 주인은
돈이 아닌 사람이다

오랜만에 만나는 지인들이 이따금 안부 삼아 나에게 묻는 말이 있다. "아직도 ○○동에 사나?" 나는 이런 질문을 받을 때마다 묘한 낭패감에 빠지곤 한다. 아직 그곳에 산다고 대답하면 기다렸다는 듯 "거기 산 지 얼마나 되었지? 한 삼십 년? 동네 토박이가 다 되었겠다"라는 말이 이어진다.

삼십 년 넘도록 한 아파트 단지에서 진득하게 사는 내가 이런 말을 듣는 것은 당연한 일이다. "그곳이 뭐 그리 좋다고…… 가끔이라도 좀 옮겨 다니며 아파트 평수도 늘리고 했으면 좀 좋아. 강남 3구가 안 되면 입지 좋은 신도시에 분양이라도 받아 놓지. 그동안 뭐하고 살았어"라는 말을 빼놓지 않는 그들의 눈에는 내가 주변머리도 없고 재테크도 모르는 사람으로 비치는 듯했다. '아직도 거기 사느냐'라는 질문을 받으면 솔직히 마음 한구석이 어두워진다. 본심에서 나온 말은 아닐 수도 있겠지만 사는 곳에 따라 사람을 평가하는 느낌을 받기 때문이다. 정말 이제는 '어디에 사느냐'가 사람의 재력은 물론이고 수준까지 평가하고 재단하는 세상으로 변해가고 있다.

초면인 사람과 통성명 주고받은 뒤
고향이 어디십니까? 대신에
어디 사세요? 하는 인사 더 자주 받는다
이 질문의 변화는 심상한 것이 아니다
마음의 평지에 불쑥 돌 솟아오른다
여의도에 삽니다
아하, 좋은 데 사시는군요
나는 망설이고 망설인다
(중략)
아, 예, 전, 전세인데요

그러면 그는 그런다 겸연쩍다는 듯
전세라도 어딘데요? 여의도잖아요
마음의 평지에 불끈 돌 솟아오른다

이재무 시인의 「첫인사」라는 시다. 시인도 나처럼 '어디에 사느냐'는 질문을 받으면 마음이 무거웠나 보다.

지난해 11월 16일 통계청이 발표한 주택소유통계에 따르면, 2017년 11월 1일 기준 우리나라의 일반 가구 1,967만 4,000가구 중 주택을 소유한 가구는 1,100만 가구다. 전체 가구의 절반을 조금 넘는 55.9퍼센트가 주택을 소유하고 있고 44.1퍼센트가 무주택 가구였다.

내가 사는 이리는
서울보다는 집값이 싸다
서울 가서 살고 싶어도
우리는 돈이 없어 못 간다
여기 돈하고
거기 돈이 달라서

지금쯤 서울에 있었다면
우리도 이 세상을 버렸을지 모른다고
아내가 말했다
나는 가슴이 아파왔다

안도현 시인의 「집」이라는 시에서 그렸듯이 사는 곳에 따라 집값은 큰 차이가 난다.

공시가격 기준으로 보유 중인 집값이 6,000만 원 이하인 구간은 174만 1,000가구이며, 6,000만 원에서 1억 5,000만 원 구간은 339만 1,000가구로 가장 비율이 높다. 전체의 무려 30.8퍼센트나 된다. 이들 가구는 대략 집 한 채가 전부였고 12억 원을 초과하는 16만 5,000가구는 평균 4.8채의 주택을 가진 것으로 나타났다. 집값이 1억 원 이상 오른 주택 소유자가 104만 명에 달하고 5억 원 이상 집값이 뛴 사람도 6만 1,000명이나 되었다. 그리고 이 중 절반이 넘는 3만 4,000명이 서울지역 주택보유자였다. 우리나라의 미래를 책임질 30대 미만 연령층의 가구주 중 11.1퍼센트만 집을 갖고 있고 30대의 주택 소유 비율은 41.8퍼센트에 지나지 않았다. 내 집 마련이 절실한 40대 무주택 가구주도 42.1퍼센트나 된다.

평범한 서민의 내 집 마련 꿈은 과연 이루어질까. 현실은 차갑고 암울하기만 하다. 2030 젊은 세대 앞에는 가로놓인 장벽이 많다. 일자리 구하기도 어렵고 치솟은 전월세·집값에 결혼도 망설여진다. 설사 결혼해도 아이 갖기가 두렵다. 월급을 아끼고 쪼개서 꼬박꼬박 돈을 모아도 내 집 마련은 멀어져만 간다. 미래 세대의 주거 고민을 해소하는 대책 마련이 시급하다. 사람들이 원하는 곳에 집을 지어 공급하는 것이 필요하다. 신혼부부를 위한 행복주택 건설을 대폭 늘리고 공공임대주택을 충분히 공급하여 무주택가구주의 집 걱정을 덜어주어야 한다. 실수요자의 간절한 '내 집 마련 꿈'이 반드시 이루어지고 한몫 챙기려는 투기는 발붙이지 못하는 건강한 사회가 그립다. 한숨 소리 대신 여기저기서 환한 웃음이 피어나는 살 만한 세상을 기대해본다. (2019. 1. 11)

생각에서 한 걸음 더

2020년 4월, 서울 아파트 중위가격이 9억 1,998만 원이라는 언론보도가 있었다. 4월 28일, 국민은행의 KB 리브온이 발표한 자료다. 중위가격이란 지역 내 모든 아파트를 가격순으로 나열했을 때 가장 중간에 위치하는 아파트 가격을 의미한다. 초고가와 초저가 아파트값의 영향을 덜 받기 때문에 아파트 매매 시장의 흐름을 파악하는 데 많이 사용되는 지표다. 전국 아파트의 중위가격은 3억 6,727만 원이고 서울, 인천, 5개 광역시, 경기 지역을 제외한 기타지방의 중위가격은 1억 5,138만 원에 불과했다. 삶의 터전에 따라 주거지의 가격이 이렇게 차이가 난다. 2009년 서울 아파트의 중위가격은 4억 7,000만 원이었는데 10년이 지난 지금 집값이 두 배 가까이 올랐다. 아파트 전세금도 지역에 따라 차이가 크게 난다. 서울 아파트 전세 중위가격은 4억 5,270만 원이고 수도권의 경우 3억 1,442만 원이다. 사정이 이렇다 보니 젊은 세대나 신혼부부의 아파트 장만은 여전히 난감한 과제다.

그 집은 아직도 그곳에 있을까

"가족이란 세상에 있는 동안 세상이 나눠주는 음식을 함께 맛있게 나눠 먹는 사이"라는 어느 시인의 시구절에 잊지 못할 한순간이 불현듯 생각났다. 중학교 1학년 어느 봄날이었다. 토요일 오전 수업을 마치고 교문을 나서자 뜻밖에도 아버지가 날 기다리고 계셨다. 부모품을 떠나 객지에서 공부하는 막내가 보고 싶어서 오셨나 싶어 내심 기뻤다. 편찮으신 아버지는 병원 다녀오는 길이라고 했다.

아버지는 내 손을 꼭 잡고 가까운 중국집으로 가더니 자리를 잡고 앉아 먹고 싶은 것을 시키라고 하셨다. 나는 자장면을 주문했지만 아버지는 아무것도 주문하지 않았다. "아버지도 뭘 좀 드셔야죠" 하고 권했지만 아버지는 조용히 미소 지으며 "난 괜찮으니 너나 많이 먹어라"라고 하셨다. 나는 아버지의 병환이 깊다는 것을 알고 있었기에 더는 권하지 못했다. 아버지는 자장면을 맛있게 먹는 내 모습을 조용히 바라보고만 계셨다. 이태 뒤 아버지는 세상을 떠나셨다. 아버지와 아들, 단둘이 생전 처음 바깥에서 음식을 앞에 놓고 소중한 시간을 함께했던 그 식당은 10년이 지난 뒤에도 여전히 그 자리에 있었다.

누구에게나 추억 어린 음식점이 한두 군데쯤 있을 것이다. 입학이나 졸업식 날, 온 가족이 함께 찾아가 식사하던 음식점. 난생처음 밖에서 맛있게 음식을 먹은 기억이 있는 그 식당. 어머니의 손맛을 느낄 수 있었던 추억 속 그 집들은 아직 그 자리에 잘 있을까. 변치 않는 그 맛으로 여전히 우리를 반겨줄까.

국세청의 2017년 사업자 현황 통계를 보면 음식업 총사업자는 72만 1,979명이다. 신규 사업자는 18만 1,304명, 폐업자는 16만 6,751명이었다. 지난해 창업한 사업자의 14.1퍼센트가 음식점이었고 사업을 접은 사람 가운데 18.4퍼센트가 음식업 사업자였다. 음식업은 다른 업종과 달리 진입 장벽이 높지 않아 쉽게 창업하지만 생존경쟁 틈바구니에서 오래 버티지 못하고 사업을 접는 비율도 그만큼 높다는 것을 알 수 있다.

지난 8월 산업연구원이 발표한 보고서에 따르면 2015년 기준 음식 및 숙박업체의 1년 생존율은 59.5퍼센트, 3년 생존율 30.2퍼센트, 5년 생존율은 17.9퍼센트로 나타났다. 개업한 지 1년을 못 넘겨서 절반 남짓 문을 닫고 5년 이상 버티는 음식점은 열 군데 중 두 곳 정도임을 보여준다. 자주 들르던 음식점이 오늘도 여전히 그곳에 있을 것으로 생각하고 찾아가면 헛걸음하기 십상이다. 가게 문을 닫고 장사를 접었거나 다른 식당이 들어서 있을 가능성이 크기 때문이다. 추억 속 소중한 단골집이 하나둘 사라져가는 현실이 못내 아쉽다.

오래된 음식점, 전국에 숨어 있는 '밥장사의 신' 노포(老鋪)를 직접 찾아다니며 그들만의 생존비법을 소개한 박찬일의 『노포의 장사법』을 최근에 읽었다. 오랜 세월을 이기고 살아남아 '전설'이 된 노포에는 몇 가지 중요한 공통점이 있었다. 먼저 그 식당들은 한결같은 맛을 유지했다. 우직하게 전래의 기법대로 만들어내는 일품의 맛이 손님들에게 큰 호응을 얻고 있었다. 그리고 연륜 있는 가게일수록 직원을 아끼고 배려하는 마음이 각별해 장기근속 직원이 수두룩했다. 거래처를 믿고 오랫동안 거래를 유지하는 것도 공통의 비결이었다. 노포의 성공 비결은 음식점 창업을 준비하는 이에게 좋은 본보기가 될 수 있다.

그러나 음식업의 여건은 여전히 녹록지 않다. 남의 건물에서 장사하면 5년마다 임차료를 올려주거나 그렇지 못하면 다른 곳으로 옮겨가거나 문을 닫아야 한다. 최저임금 인상으로 인건비도 부담이다. 잘된다는 소문이 나면 주위에 비슷한 가게가 우후죽순 생겨나 치열한 경쟁을 해야 한다. '저녁이 있는 삶'을 지향하는 시대적 변화로 저녁 회식이 갈수록 줄고 있다. 사람 대신 음식을 조리하는 로봇과도 경쟁해야 하고 데우거나 끓이면 간단히 한 끼를 해결할 수 있는 간편식 시장도 위협적이다. 이렇게 곳곳에 위험요인이 도사리고 있지만 성공한 노포가 있기에 그나마 위안이 된다. 단순한 메뉴로 고집스럽게 우리 맛을 지켜온 그들처럼 노포가 점점 더 많아져서 사람들에게 위안을 주면 좋겠다.

(2018. 10. 19)

생각에서 한 걸음 더

20년 넘게 즐겨 찾던 인사동의 단골 한정식집 '다미'가 문을 닫은 지 일 년이 지났다. 인근 몇몇 한정식 식당도 연이어 폐업했다. 늘 손님들로 북적이던 충정로 '청정골'도 가게 평수를 절반이나 줄였다. 그러나 여전히 TV에는 맛집 소개나 음식기행 프로그램이 인기다. 방송에 나온 음식점은 유명세를 치르고 운 나쁜 옆 가게는 오히려 전보다 못한 처지에 놓이는 것을 어떻게 봐야 할까.

그리움이 나를 끌고 식당으로 들어갑니다
(중략)
그대 그림자가 지나간 땅마저 사랑한다고
술 취한 고백을 하던 그날 밤처럼
그냥 웃으면서 밥을 놓고 분주히 뒤돌아서는 그대
아침, 뒤주에서 쌀 한 바가지 퍼 나오시던
어머니처럼 아름답다는 생각을 하며
나는 마치 밥 먹으러 온 사람처럼 밥을 먹습니다

나는 마치 밥 먹으러 온 사람처럼 밥을 먹고 나옵니다

함민복 시인의 시 「서울역 그 식당」처럼 마음속 그리움이 솟아나는 식당 하나쯤 간직하고 싶다. 그리움에 이끌려 찾아가는 식당. 잊을 수 없는 추억이 깃든 식당, 어머니의 손맛을 경험하게 하는 그런 식당이 여전히 문 열고 있기를 소망한다.

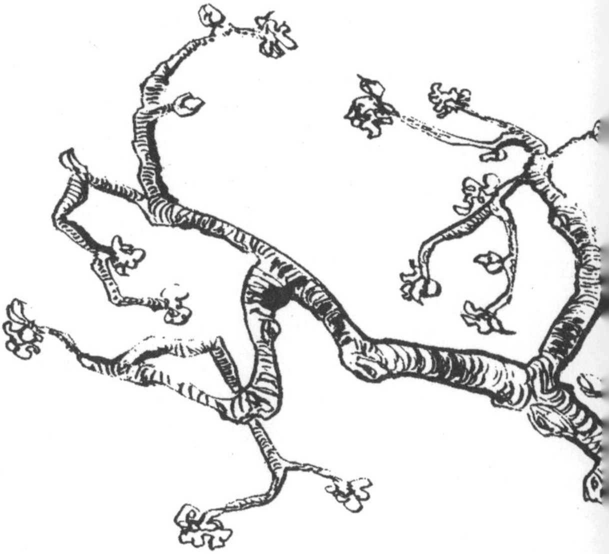

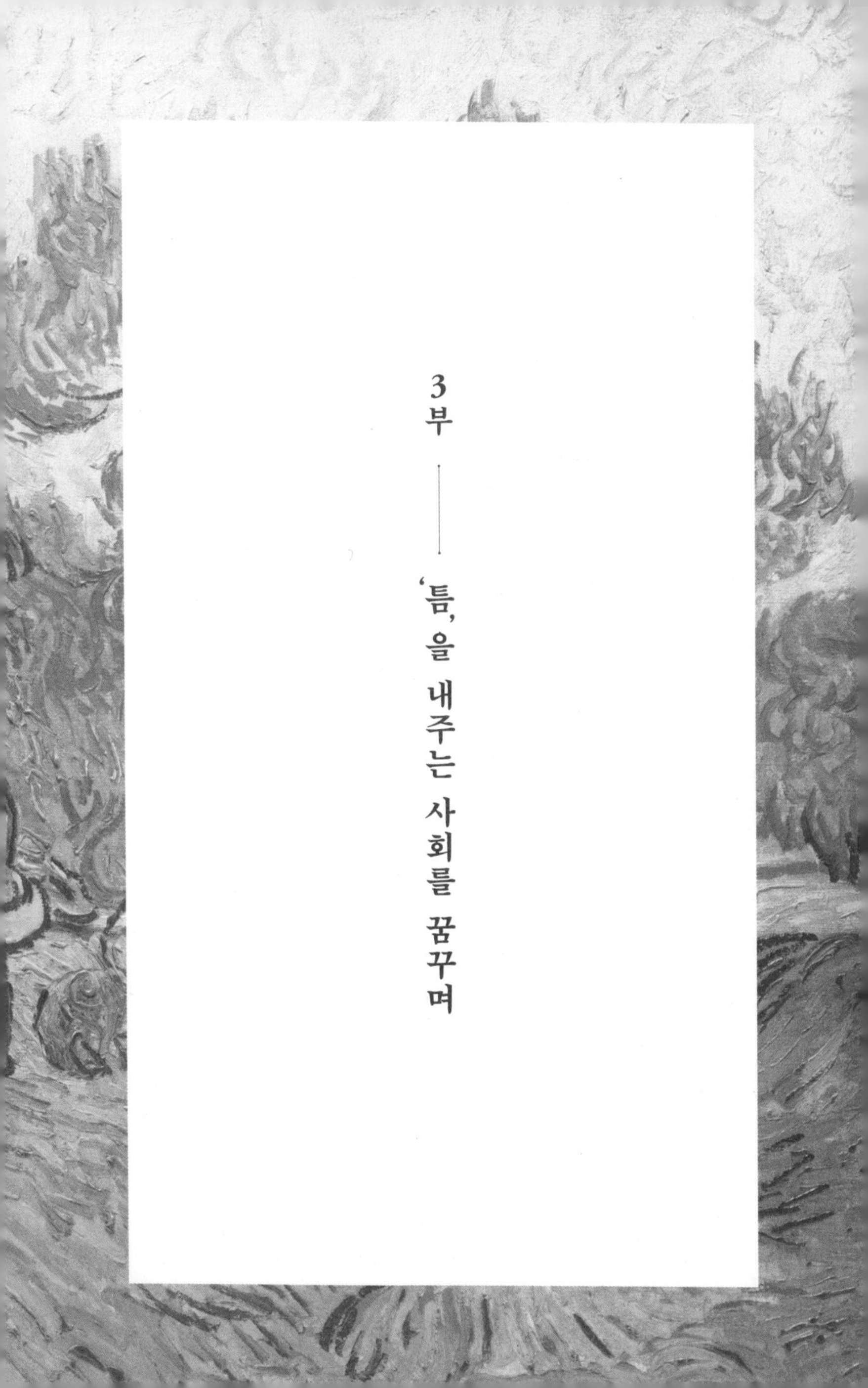

3부

'틈'을 내주는 사회를 꿈꾸며

조급하면 일을 그르치게 된다

장면 1. 며칠 전 후배에게 톡을 보냈는데 그날 답이 없었다. 하루가 지나도 응답이 없어 확인해 보니 미확인 상태였다. 해당 메신저 앱을 거의 이용하지 않는 것으로 짐작하고 다른 모바일 메신저 앱으로 메시지를 보내자 금방 답이 왔다. 모 시중은행이 3년 전 야심 차게 선보인 메신저 앱을 이용한 것이 결국 불통의 원인이었다.

금융권에서 최초로 메신저 사업을 시작한 그 은행은 대대적인 홍보와 직원들의 모집 활동으로 가입자가 500만 명을 넘어섰다고 했다. 그 무렵 메신저 시장에는 카카오톡이 이미 시장 지배적 사업자로 독점적 위치를 구축하고 있었다. 네이버는 카카오톡이 선점하고 있는 한국이 아닌 일본에서 라인 앱을 출시해야 했을 정도였다. 카카오톡 같은 메신저 기능과 부가 서비스를 갖춘 생활금융 플랫폼을 구축하겠다는 은행의 포부는 제대로 실현되고 있을까. 당초 예상과는 달리 지지부진하다면 그 이유는 무엇일까.

장면 2. 어려움을 겪는 소상공인과 자영업자를 지원하기 위해 정부는 다양한 정책을 펼쳐왔다. 그중 하나가 '제로페이' 사업이다. 제로페이는 지난해 12월 정부와 서울시가 소상공인의 신용카드 수수료 부담을 덜어주기 위해 도입한 QR코드 기반의 모바일 간편 결제 서비스다. 제로페이는 신용카드와 달리 고객계좌에서 가맹점주 계좌로 대금이 바로 이체되며 연간 매출이 8억 원 이하인 가게에서는 수수료를 전혀 부담하지 않는다. 소상공인을 돕는다는 선한 의도로 시작된 제로페이 사업은 당초 목적대로 소상공인에게 환영받고 착한 시민들의 호응을 얻고 있을까. 지난달 여러 언론에 4,000여 개 동네 마트를 회원으로 둔 한국마트협회가 제로페이 사업에 참여하지 않기로 했다는 기사가 나왔다.

사례로 든 모 은행의 생활금융 플랫폼 사업과 서울시의

제로페이 사업이 성공의 길로 접어들기를 바라는 마음에는 변함이 없다. 그러나 해당 사업을 기획하는 초기 단계에 면밀한 시장 분석과 추진 과정에 맞닥뜨릴 장애 요인에 대한 극복방안 마련이 부족했다고 여겨진다. 아마도 최고 의사결정권자의 의중이 강하게 반영되었기 때문일 것이다.

『논어』의 「자로편(子路編)」에 나오는 이야기가 생각난다. 공자의 제자 자하가 거보라는 고을의 태수로 임명받고 공자에게 정치하는 방법을 물었다. 공자는 이렇게 대답했다. "급히 서두르지 말고 작은 것에 집착하지 말라. 급하게 서두르면 일이 성사되기 어렵다(欲速不達). 작은 것에 매달리다 보면 큰일을 이루지 못한다(欲巧反拙)."

공자의 조언은 재임 기간에 내세울 치적을 남기려고 조급하게 무리하지 말라는 의미일 것이다. 조직의 구성원은 리더가 하고자 하는 일이 조직의 이익과 직결된 일인지 아니면 자신의 업적을 위한 일인지 금방 알아차린다. 그러나 조직이 경직되어 있다면 감히 반대하지 못하는 것이 현실이다. 철학자 김형철 교수는 "리더는 일의 결과에 대해 책임을 지는 자리입니다. 그 결과에 최선을 다하기 위해 모른다는 사실을 인정하고 시작해야 합니다. 이렇게 물으세요. '나는 항상 옳은가', '나는 무엇을 알고, 무엇을 모르는가'" 라고 말한다(저서 『최고의 선택』). 난관에 봉착할수록 서로 마음을 열고 지혜를 모아야 길이 보인다. 잘잘못만 따지면 출구는 보이지 않고 미로에 갇히게 된다.

모두들 큰 소리로만 말하고
큰 소리만 듣는다
큰 것만 보고 큰 것만이 보인다
모두들 큰 것만 바라고
큰 소리만 좇는다
(중략)
작은 소리는 하나도 들리지 않고
아무도 듣지를 않는
작은 것은 하나도 보이지 않고
아무도 보지를 않는
그래서 작은 것 작은 소리는
싹 쓸어 없어져버린 아아

우리들의 나라 거인의 나라

신경림 시인은 '거인의 나라'로 변해가는 현실에 경종을 울린다. 리더는 자신의 목소리만 크게 내거나 큰 소리만 따라가서는 전부를 알 수 없다. 다른 사람의 목소리도 듣고 큰 소리에 파묻히는 작은 소리도 경청해야 오류를 줄일 수 있다. 자신이 알고 있는 것이 옳지 않을 수 있음을 깨닫고 인정하는 겸손과 용기가 말처럼 쉬운 일은 아닐 것이다. (2019. 8. 23)

생각에서 한 걸음 더

2020년 2월 27일자 《세계일보》에 실린 연세대 정동일 교수의 칼럼 <리더가 잘못된 결정을 내리는 이유>를 의미 있게 읽었다. 주요 내용은 이렇다.

"리더의 의사결정을 연구하는 학자들에 의하면 리더가 잘못된 결정을 내리게 되는 이유는 대략 3가지 오류 때문이라고 한다.

첫째, 리더가 과거에 경험했던 일을 현재 상황에 맹목적으로 잘못 적용하는 오류다. 특히 과거에 내린 의사결정이 좋은 결과를 만들고 이를 바탕으로 성공한 리더의 자리에 오른 사람일수록 과거에 내린 의사결정 과정과 방법을 현재 상황에 맹목적으로 적용하려는 경향이 강해진다. 이는 큰 위기를 유발하고 조직에 큰 해를 끼칠 수 있는 결과를 만들 수 있다.

둘째, 리더가 부적절한 사리사욕을 가지고 수많은 정보 중에 자신이 원하는 정보만 선택하고 다른 정보를 왜곡하여 자신의 결정을 합리화하려는 오류다. 의사결정의 기준이나 목적이 개인적 혹은 정치적 이해관계에 따라 변질하고 이를 위해 정보가 선택적으로 취합되기 시작하면 리더는 조직구성원들에게 진정성을 의심받게 되고 조직을 이끌어갈 명분을 잃게 된다.

셋째, 리더가 가지고 있는 부적절한 심리적 애착을 의사결정 과정에 반영하려는 오류다. 리더는 조직의 성장과 목표 달성을 위해 개인적으로 가지고 있는 심리적 애착을 최소화하고 최대한 객관적인 데이터와 판단을 바탕으로 의사결정을 내려야 할 책임이 있다."

리더의 역할은 실로 막중하다. 리더는 리더다워야 한다. 리더는 하루아침에 저절로 주어지는 것이 아니다.

소방관, 우리 시대의 '초라한' 영웅

봄기운이 완연하다. 홍매화는 이미 꽃을 피웠고 복수초도 노란 꽃봉오리를 터뜨렸다. 겨울잠을 자던 동물이 슬슬 깨어나는 경칩도 지났다. 이맘때면 윷놀이와 지신밟기, 달집태우기를 하고 오곡밥을 나눠 먹으며 함께 정월대보름을 즐기던 농민은 한해 농사 준비를 시작했다. 농기구를 손보고 경칩에 흙일하면 탈이 없다고 금 간 벽을 바르거나 담장도 고쳤다. "한 해의 계획은 봄에 세워야 하고 하루의 계획은 새벽에 세워야 한다"라는 말처럼 농촌은 이른 봄부터 분주히 움직였다.

그 시절에는 동네에 불이 나면 온 마을 주민이 합심하여 물을 길어다 불을 끄곤 했다. 큰불이 나서 사이렌이 울리면 의용소방대원이 위험을 무릅쓰고 불길을 잡기 위해 나섰다. 그러나 요즘은 현대식 화재진압 장비를 갖춘 소방관이 나선다. 소방관은 화재 예방이나 진압뿐 아니라 여러 위급한 상황이 생기면 제일 먼저 나서서 국민을 위해 봉사하는 참 일꾼이다.

지난 몇 달 사이 전국에서 크고 작은 화재가 연달아 발생하여 많은 사람이 죽거나 다쳤다. 시커먼 연기와 넘실대며 타오르는 불길 속으로 제일 먼저 뛰어 들어가는 사람은 소방관이다. 소방관도 사람인데 시뻘건 불구덩이 속으로 들어가는 것이 왜 두렵지 않겠는가. 화재로 생명을 잃거나 상처를 입은 사람의 가족이 흘리는 눈물도 가슴 아프지만 구조 활동을 하다가 자신의 목숨을 잃은 소방관의 사연도 목메게 한다.

내가 사는 도시의 한 아파트에서

고양이를 구하던 119 구조대원이 오층에서 떨어졌다

그날 고양이는 걸어서 집으로 돌아갔지만
구조대원은 다시는 출근하지 못했다
얼마 지나지 않아 스물두살
그의 앳된 아내는 유복자를 낳았다
동료들은 슬퍼하며 그를 국립현충원에 묻고자 했으나
국가는 이를 정중하게 거부했다
그가 구한 게 국민이나 정부 재산도 아니고
고작 한 마리 고양이였으므로
(중략)
세상은 쥐도 살고 고양이도 살아야 한다
이 모든 게 사람이 저지른 일이므로
국가는 그 미망인과 유복자에게
상당한 책임을 져야 한다고 생각한다
나는 그렇게 생각한다

이상국 시인의 시 「시인 생각」은 한 소방관의 죽음 이면에 감춰진 슬픈 사연을 조용히 일깨워준다.

우리나라 소방공무원은 힘들다. 화재도 예방해야 하고

불도 꺼야 하고 위기에 처한 사람도 구해야 하는 등 온갖 재난 상황에 신속하고 완벽하게 대처해야 한다. 그뿐만이 아니다. 벌집을 제거하거나 도심에 출몰한 멧돼지를 포획하기 위해서도 출동해야 한다. 결과가 나쁘면 그 책임도 져야 한다. 초기 대응에 문제가 있었다, 늑장 출동으로 피해가 컸다는 등 온갖 비판이 여론의 도마 위에 오른다. 화재 사고를 포함한 모든 참사 뒤에는 반드시 책임질 누군가를 색출하는 일이 벌어진다. 사고가 일어나면 누가 잘못했는지 책임을 가리는 일도 중요하지만 그보다 더 중요한 것은 사고 원인을 철저히 조사하고 보완하여 같은 일이 일어나지 않도록 조치하는 일이다. 누군가의 희생으로 체득한 교훈을 쉽게 망각하면 안 된다. 사후 대책이 용두사미가 되지 않고 빈틈없이 집행되도록 철저히 점검하고 또 점검해야 한다.

신문 한 면을 가득 채운 어느 기업의 광고가 눈에 들어왔다. "하루에도 몇 번씩 수십 킬로그램의 장비를 메고 불과의 사투를 벌이는 소방관들에게……"라는 카피와 함께 불탄 건물 앞에 온통 땀과 그을음 범벅이 되어 흐뭇한 웃음을 머금은 채 앉아 쉬고 있는 한 소방관이 담겨 있었다. 묵묵히 자신의 임무를 완수한 자랑스러운 모습이었다.

문득 노자의 『도덕경』에 나오는 다음의 구절이 떠올랐다. “세상의 어려운 일은 반드시 하찮고 쉬운 일에서 비롯되고 세상의 큰일은 반드시 작은 일에서 시작된다(天下難事 必作於易, 天下大事 必作於細).” (2018. 3. 9)

생각에서 한 걸음 더

2019년 11월 19일 소방공무원법 개정안 등 관련 6개 법률이 국회 본회의를 통과하여 12월 3일 공표되었다. 따라서 2020년 4월 1일부터 소방공무원 신분이 국가직으로 전환되었다. 119 구급활동, 119 구조활동, 소방산업 관리 등의 국가 사무가 증가하고 있는 현실을 고려한 결과다. 그러나 국가직 전환과 소방인력 충원시 발생하는 재정부담을 놓고 지자체와 중앙정부 간 쟁점이 되고 있다고 한다. 지방직 공무원이든 국가직 공무원 신분이든 상관없이 오늘도 소방관은 불을 보면 불길 속으로 뛰어 들어간다. 화재 현장에 도착해 냄새를 맡으면 '아, 이건 사람 타는 냄새다. 몇 명이 타는 냄새다'라는 것을 직감한단다. 가족이 불 속에 갇혀 있다며 울부짖는 목소리는 소방관이 불길 속으로 뛰어 들어가게 하는 신호탄이 된다고 한다.

한국을 떠난 아이들, 잘 살고 있을까

지난 유월 하순경, 지인의 딸 결혼식이 명동성당에서 있었다. 지인의 사위는 노르웨이 출신의 젊은 사업가라고 했다. 결혼식 날 기쁜 마음으로 명동성당을 찾았다. 한국의 어머니들이 당연히 한복을 입는 풍속처럼 신랑 어머니도 노르웨이 전통의상을 곱게 차려입고 있었다. 노르웨이인 사돈 내외의 온화한 표정과 잔잔한 미소는 정겹고 따뜻했다.

이윽고 준수한 용모의 신랑이 눈에 들어왔다. 뜻밖에도 그는 한국계 노르웨이인이었다. 놀라움보다는 정말 잘 키워준 부모와 훌륭하게 자라준 그에게 고마운 마음이 들어

순간 울컥했다. 만면에 웃음을 띤 인자한 부부의 모습에서 한평생을 올바르게 살아온 사람의 향기를 느꼈다. 혼배미사는 경건하고 조용히 진행되었다. 주례 신부님의 강론도 가슴에 와닿았다. 그는 "남들이 부러워하는 가정이 되십시오. 돈이 많고 직위가 높고 좋은 집에 살고 멋진 차를 가진 부자여서 부러움을 사는 것이 아니라 서로 사랑하고 이웃에 봉사하며 나눔을 실천하는 삶이어서 부러움을 사는 가정이 되기를 바랍니다"라는 우리말과 영어 축사로 신혼부부에게 당부했다. 나는 신혼부부의 순탄한 앞날을 위해 그리고 부모의 역할을 누구보다 잘 해낸 양부모를 위해 마음속으로 기도를 드렸다.

국외 입양의 시발점은 6·25전쟁이었다. 보건복지부 자료에 따르면 1953년부터 2015년까지 16만 7,710명의 아이가 한국을 떠나 해외로 입양되었다. 먹고살기 어려웠던 시절, 국외 입양은 형편이 어려운 가정에서 태어난 아이에게는 불행 중 다행이라 여겨졌을 것이다. 그러나 우리나라가 경제적으로 크게 성장하고 먹고살 만한 뒤에도 국내 입양보다 국외 입양이 더 많았다는 사실을 어떻게 받아들여야 할까. 한국을 떠나간 아이들은 어찌 되었을까. 잘살고 있을까. 언론매체는 국외 입양아동이 그 나라에서 장관으로 임명된 소식, 의회에 진출하거나 학자 혹은 사업가로 성장한 사례를 소개한다. 또 입양아의 뿌리 찾기 사연이나 모국 방문 사연을 전하기도 한다. 그러나 국적 취득 여부나 파양, 학대 사례 등 현실적인 문제에 대한 관심과 대책은 여전히 부족한 실정이다.

정부는 지난 16일 아동학대, 입양, 가정위탁, 실종 등의 문제를 체계적이고 통합적으로 관리하는 아동권리보장원을 설립했다. 2012년 입양특례법 개정으로 국내 입양을 활성화하고 가족 찾기 등 입양 사후관리와 입양 정책을 총괄하기 위해 설립한 보건복지부 산하 중앙입양원도 이번에 아동권리보장원으로 통합했다. 국가기관명에 유일하게 '입양'이 있어서 많은 국외 입양인에게 한국이 자신을 잊지 않고 있다는 생각을 심어준 중앙입양원의 업무는 계속 보완·발전되어야 한다.

"한 아이를 키우려면 온 마을이 필요하다"라는 속담처럼 아이를 키우기 위해서는 부모·형제, 친척이나 이웃 등 모두의 관심과 사랑이 필요하며 이제 국가적인 과제이기도 하다. 따라서 국가는 임신 초기부터 임신부를 보호하여 안전한 출산을 지원하고 모든 아이가 안전하고 건강히 잘 자라도록 양육 시스템을 갖추어야 한다. 또한 사회적 편견과 빈곤에 힘들어하는 미혼모나 미혼 가정의 아픔도 헤아리고 도와야 한다. 우리 아이를 국외에 보내지 말고 우리가 키운다는 결단이 필요하다.

김광규 시인은 기억한다.

인천공항을 떠나 프랑크푸르트까지
12시간을 날아가는 에어버스
젊은 백인 부부가 데리고 가는
머리카락 까만 아기가
끊임없이 보채고 울어댔다
키 큰 아빠가 안고 얼러도
다리 긴 엄마가 업고 달래도
사방을 두리번거리며 아기는

울음을 그치지 않았다
혹시 배가 고픈 것 아닐까
기저귀가 젖은 것 아닐까
옆자리 승객들이 몇 마디 거들었지만
바닥에 내려놓을 때만 잠깐
기어 다닐 뿐
지치지도 않고 슬프게 울어댔다
마침내 먼 나라에 착륙하자 그 아기는
새 부모와 함께 사라졌다
지금도 귓가에 들려오는 그 울음소리
잊히지 않는 그 까만 눈동자
고향을 떠나기 싫었던 그 어린 영혼

시인은 귓가에 맴돌던 아기의 울음소리를, 본능적으로 이별을 직감한 어린 영혼을 「그 울던 아기」라는 시로 그려냈다. 2018년에도 303명의 아이가 울면서 이 땅을 떠났다.
(2019. 7. 26)

생각에서 한 걸음 더

보스턴 칼리지 역사학과 부교수인 아리사 H. 오(오현정)의 『왜 그 아이들은 한국을 떠나지 않을 수 없었나: 해외 입양의 숨겨진 역사』(뿌리의 집, 2019)는 입양의 한국적 기원을 다룬 책이다. 저자는 과거와 현재에도 진행 중인 한국 아동 수출, 이른바 해외 입양은 한국인에게 '한국인이란 어떤 의미인지', '어떤 사람을 한국인으로 간주할 수 있는지', '이 질문의 대답이 왜 중요한지' 생각해보라고 말한다. 아울러 미혼모와 그 자녀를 끊임없이 소외시키는 사회구조를, 여성을 억압하는 한국사회의 분위기를 어떻게 하면 변화시킬 수 있을 것인지 묻고 있다.

1970년, 다섯 살 때 벨기에로 입양 보내진 만화가 Jung(한국 이름 전정식)의 『피부색깔-꿀색(한 해외 입양인의 이야기)』(길찾기, 2009)는 자신의 이야기를 풀어낸 성장기 웹툰 에세이다. 작가는 이 콘텐츠를 애니메이션과 다큐멘터리 기법을 사용하여 영화로도 만들었다. 성장기 시절, 부모와 고국에게 버려졌다는 슬픔과 분노를 지울 수 없었고 또다시 버려질 수 있다는 불안감을 느끼며 살았던 그는 "이 영화는 자기 자신을 받아들이고 용서

하는 일을 다루고 있다. 이 영화를 통해서 한국의 해외 입양 문제를 돌아보고자 한다"라고 했다.

2018년 우리나라의 출생률은 0.977명으로 세계 최저 수준이지만 아직도 우리 아이들은 다른 나라로 입양되고 있다. 해외 입양을 이제 그만 멈출 수는 없나.

욕심이 화를 부른다

부모에게 자녀 교육비는 여전히 만만치 않은 부담이다. 예전에는 교육비 부담이 커서 자녀를 대학에 보낼 엄두도 내지 못하고 속만 끓이는 부모가 많았다. 그러나 넉넉하지 않은 가정이라도 자식 교육을 위해 부모는 소도 키우고 돼지도 키우며 논밭에서 땀을 흘렸다. 등록금을 낼 때가 되면 송아지를 내다 팔거나 때마침 세상에 나온 새끼돼지가 복덩이가 되어 근심을 덜어주곤 했다. 이마저도 여의치 않을 경우를 대비해서 계(契)를 들기도 했다.

자녀 결혼자금 마련이나 등록금 준비를 위해 꼬박꼬박 곗돈을 부으면서 손꼽아 순번을 기다리는 사람들에게 계모임을 주도하는 계주의 역할은 컸다. 계주의 평판과 신용이 계의 성공을 담보했다. 그러나 정해진 날에 약속된 목돈을 지급하지 못하거나 계주가 곗돈을 개인적으로 유용하는 경우 큰 사달이 나곤 했다. 계가 깨지면 피해자의 눈에 피눈물이 나고 가정이 무너지는 일도 생겼다. 이런 일이 발생하면 계가 깨졌을 때 입게 될 손해를 따져보지 않고 계주만 믿고 내일의 꿈을 키웠던 회원 개인의 불찰일까, 아니면 여러 사람의 가슴에 대못을 박은 부도덕한 계주의 잘못일까. 계모임의 피해사례가 지금도 심심찮게 들린다.

요즘 해외 주요국의 금리에 연계된 파생결합펀드(DLF)·증권(DLS)의 대규모 원금 손실사태로 은행권이 시끄럽다. 파생상품은 기초자산의 가치변동에 따라 가격이 결정되는 금융상품이다. 주식, 채권, 환율, 이자율 등이 기초자산이 될 수 있다. 파생상품은 주로 장래의 위험을 줄이거나 수익을 얻기 위해 만들어진다. 파생상품은 이용 목적에 따라 위험을 경감할 수 있는 장점도 있지만 투기거래의 경우 상당한 손실을 입을 수도 있다. 이번에 문제가 된 해외금리 연계형 파생결합펀드·증권은 독일, 미국, 영국 등의 주요 금리에 연동된 상품이다. 금리가 일정 수준 이하로 하락하지 않으면 상대적으로 높은 수익을 얻지만 금리가 하락하면 원금 전체를 잃을 수도 있는 구조로 되어 있다. 그만큼 '고위험 고수익(High Risk, High Return)' 상품이다.

위험성이 높은 상품임에도 많은 사람이 최소 가입금액이 1억 원인 이 상품에 투자한 것은 저금리 시대에 조금이라도 높은 수익률을 추구했기 때문일 것이다. 또한 은행의 평판과 공신력을 믿고 상품의 위험을 간과했거나 모를 수도 있다. 은행은 비교적 쉽게 수수료 수익을 올릴 수 있고 직전까지 손실 난 적이 없다는 사실에 안주한 것으로 보인다. 각자의 과욕이 결국 화를 자초했다. 상품을 판매한 은행은 평판에 금이 가고 상품에 투자한 고객은 큰 손해를 봤다. 세상에 100퍼센트 안전한 투자는 없다.

은행법 제2조(정의) 1항 1호에 "은행업이란 예금을 받거나 유가증권 또는 그 밖의 채무증서를 발행하여 불특정 다수인으로부터 채무를 부담함으로써 조달한 자금을 대출하는 것을 업(業)으로 하는 것을 말한다"라고 되어 있다. 은행은 자금 중개 기능의 효율성을 높이며 예금자를 보호하고 신용 질서를 유지함으로써 금융시장의 안정과 국민경제의 발전에 이바지한다는 본래의 목적(은행법 제1조)을 되새겨봐야 한다. 해마다 은행이 벌어들인 수익을 기준으로 은행의 우열을 가리고 실력이라고 판단하는 일부의 시각도 달라져야 한다. 영속적인 발전을 위해 은행은 반드시 수익을 창출해야 한다. 그러나 오로지 수익만 추구하여 직원들이 실적 압박에 내몰릴 때 금융사고는 생기게 마련이다.

여기 징검다리가 있구나.
강을 건너려면 내게 업히라고
넓적한 등을 내미는구나.

씨를 뿌리러 가는 사람이 건너가는
징검다리 위로
그 사람의 따뜻한 밥 한 끼처럼
태양이 떠 있구나.
(중략)
나는 흘러가는 강에
넓적한 돌을 놓는다.

누군가의 등이 되어주고 싶어서.

이준관 시인의 「징검다리」라는 시다. 은행도 고객에게 징검다리가 되어야 한다. 누군가의 등이 되어야 한다. 믿고 의지할 수 있는 징검다리가 되어 어려운 시기를 헤쳐나갈 수 있도록 힘이 되어야 한다. 고객에게 희망의 디딤돌이 되어야 한다. 고객 행복의 징검다리가 은행의 역할이다. 물살이 세고 강이 깊으면 강을 건너는 사람에게 그 위험을 알리고 안전하게 강을 건너갈 수 있도록 업어주는 든든한 징검다리가 되어야 사람들이 은행을 믿고 소중한 돈을 맡기지 않겠는가. (2019. 10. 28)

생각에서 한 걸음 더

해외금리 연계형 파생결합펀드·증권(DLF · DLS)의 대규모 투자손실로 금융 감독 당국은 관련 은행 임직원에게 중징계 처분을 내렸고 해당 금융회사에는 거액의 과태료를 부과했다. 고객이 입은 손실의 일정부분은 보상하기로 했다.

라임자산운용의 사모펀드 상품도 2019년 10월에 환매가 중단되었다. 무려 1조 6,000억 원이나 된다. 그 밖에 다른 자산운용사의 상품도 환매에 문제가 생겼다. 상품을 개발한 금융사, 판매한 금융사를 향한 고객의 원망과 불신이 사회적인 문제로 번지고 있다. 금융회사는 신뢰와 정직, 안정성을 잃으면 설 곳이 없음을 뼈저리게 느끼고 환골탈태의 계기로 삼아 신뢰회복에 온 힘을 쏟아야 한다.

'틈'을 내주는 사회를 꿈꾸며

지난 주말 동네목욕탕에서 겪은 일이다. 평소처럼 혼자 몸을 씻고 있는데 등 뒤에서 낯선 남자가 다가왔다. 그는 웃음 띤 얼굴로 서로 등을 밀어주자고 내게 말했다. 억양과 말투로 보아 중국 교포일 것으로 짐작했다. 나는 순간 당황했다. 언제부터인가 목욕탕에서 서로 등을 밀어주는 일이 거의 사라진 탓이었다. 그러나 이내 흔쾌히 동의했다. 그는 웃으며 내 등을 먼저 밀어주겠다고 했다. 그가 내 등을 밀 때 강한 손힘이 느껴졌다.

이윽고 내가 그의 등을 밀어줄 차례였다. 그의 등판은 넓고 탄탄했으나 양 어깻죽지 여러 곳에 퍼런 멍이 들어 있었다. 어깨에 난 검푸른 멍을 보니 마음이 아렸다. 감추고 싶은 흔적도 아닌 듯 그는 말없이 등을 맡기고 있었다. 어깨의 멍은 분명 힘든 일을 하면서 생겨났을 것이다. 하지만 내 눈에는 오히려 한 가족의 생계를 감당해온 그의 노고를 위로하는 견장처럼 보였다.

지금 우리나라에 머무는 외국인은 200만 명을 넘어섰다. 법무부의 출입국·외국인 정책 통계 월보에 따르면 8월 말 현재 체류 외국인은 230만 8,206명에 달한다. 통계청의 〈2017년 이민자 체류 실태 및 고용조사 결과〉를 보면 2017년 5월 기준 외국인 취업자는 83만 4,000명으로 나타났다. 이들의 절반가량이 월평균 200만 원 이상의 임금을 받고 있다. 외국인 근로자는 식당, 이삿짐센터, 중소기업의 공장, 요양병원, 건설 현장, 농어촌 등 일손이 부족한 곳에서 땀 흘리며 일하고 있다. 주로 비전문 취업비자나 방문 취업비자를 받고 온 외국인과 재외 교포, 영주권자, 결혼이민자가 취업하는 일터다. 이들이 한국을 택한 가장 큰 이유는 임금 수준이 높고 작업환경이 좋기 때문이라고 한다. 코리안 드림을 이루기 위해 낯선 땅에 온 그들은 애초 자신이 바라던 희망을 현실로 만들어가고 있을까.

현실에는 늘 밝음과 어둠이 공존한다. 〈아빠 찾아 삼만리〉라는 교육방송의 다큐멘터리 프로그램은 외국인 근로자의 이야기를 다룬다. 고국에 있는 부인과 어린 자식이 한국에서 일하는 남편과 아빠를 만나기 위해 어렵게 찾아오는 여정과 더 나은 삶을 위해 머나먼 이국땅 한국에서 열심히 일하는 아빠의 모습, 기쁨과 감격의 가족 상봉 장면을 담은 다큐멘터리다. 시련을 감내하며 자신에게 주어진 삶을 소중히 가꿔가는 그들의 모습이 아름다웠다.

수십 년 전 우리 부모도 그랬다. 뜨거운 중동의 사막에서, 땅속 막장에서 생사를 넘나들던 아버지, 요양병원에서 덩치 큰 환자를 돌보던 어머니의 땀방울을 먹으며 성장한 힘든 시절이 있었다.

그 어렵던 시절은 옛이야기가 되었다. 이제 외국인이 꿈을 좇아 우리나라로 오고 있다. 그러나 희망의 땅 약속의 땅에서 그들의 소중한 꿈이 깨지는 경우도 생기곤 한다. 외국인 근로자를 고용한 일부 사업장에서 발생하는 임금체불이

나 폭언과 폭행, 열악한 기숙사, 부당한 차별과 착취가 그들을 울리고 가슴을 멍들게 한다. 한때 유행한 "사장님 나빠요"라는 어느 개그맨의 멘트가 외국인 근로자의 심정을 대변한다.

외국인 근로자의 땀방울도 우리가 흘리는 땀방울과 다르지 않다. 노동의 가치는 국적이나 언어·종교와 무관하게 고귀하다. 여기에는 그 어떤 차별도 없어야 한다. 그러나 요즘 곳곳에서 "사람대접 해달라"라는 외국인 근로자의 목소리가 들려온다. 이들의 목소리를 귀담아듣고 현장의 소리와 현실을 정확히 파악해 문제점을 개선하려는 관계 당국의 노력이 필요한 시점이다. 외국인 근로자는 때가 되면 자기 나라로 돌아간다. 그들이 몸으로 부대끼며 체험한 한국의 이미지는 어떤 것일까. 희망의 나라, 다시 가고픈 나라일까.

바위에 뿌리를 내리고 사는 나무는
한겨울에 뿌리를 얼려
조금씩 아주 조금씩
바위에 틈을 낸다고 한다

바위도

살을 파고드는 아픔을 견디며

몸을 내주었던 것이다

(중략)

바위도 나무에게 틈을 내주는데

사람은 사람에게 틈을 주지 않는다

틈

이상국 시인은 '틈'이라는 시로 자신만의 영역을 굳게 지키는 사람들에게 지금부터라도 틈을 내고 서로서로 보듬자고 말한다. 우리도 그들을 품어야 한다. 작은 틈이라도 내야 한다. (2018. 11. 16)

생각에서 한 걸음 더

2004년 8월에 외국인 고용허가제가 도입되었다. 외국인 고용허가제는 인력난을 겪는 중소제조업과 건설업, 어업, 농축산업, 일부 서비스업 등 5개 업종에 외국인 근로자를 합법적으로 고용할 수 있게 허가해준 제도다. 1993년부터 시작된 외국인 산업연수생제도가 근로자의 인권침해, 파견 비리 등 문제점이 많아 이를 대체 보완하기 위해 제정되었고, 2007년 1월부터 고용허가제와 산업연수생 제도가 고용허가제로 일원화되었다.

제도를 시행하다 보면 도입 취지와는 달리 현장에서는 예상치 못한 일들이 발생한다. '코리안 드림'을 품을 수도 있고 그 꿈이 깨지는 일도 생긴다. 취업한 사업장이 폐업하거나 임금이 체불되면 사업주의 허가를 받아 이직할 수 있지만 최대 이동 횟수는 3회뿐이다. 이들을 고용한 국내기업의 인력 수급 안정을 위한 제한요건이 외국인 근로자에게는 독이 되기도 한다. 신분상의 제약을 악용하는 사업주, 부당한 처우나 불법에도 참고 참아야 한다. 참다못해 사업장을 무단이탈하면 불법 체류자가 된다. 험하고 힘든 일에는 늘 사고가 뒤따른다. 지하탱크에서 청소작업을 하다가 질식해 숨지고 공사장에서 추락하여 사망하고 숙소에 불이 나 죽는다.

이들 가운데 의인(義人)도 있다. 화재 현장에 뛰어들어 할머니를 구한 스리랑카 출신 니말 씨. 원룸 화재 현장을 목격하고 "불이야"라고 외친 뒤 주민을 대피시킨 카자흐스탄 출신 율다쉐브 알리 압바르 씨. 자신이 다치고 화상을 입는 것도, 불법체류자의 신분도 잊은 채 사람 목숨을 먼저 구했다. LG 복지재단은 이들에게 'LG 의인상'을 주었다.

외국인 근로자도 이제 부정할 수 없는 우리 이웃이다.

우리의 이웃,
다문화 가정

주말에 가끔 〈다문화 고부열전〉이라는 TV 프로그램을 시청한다. 외국에서 시집온 며느리와 한국 시어머니 사이에 일어나는 에피소드를 담은 다큐멘터리 프로그램이다. 많은 사연 중에서 특히 가슴 뭉클했던 이야기가 생각난다. 경남 남해로 시집온 베트남 출신 며느리가 6년 전 간암으로 세상을 떠난 남편을 대신해 여든한 살의 시어머니와 두 아들을 보살피며 꿋꿋하게 생계를 꾸려가는 사연이다.

밤잠을 줄이고 고된 일을 하며 모은 돈으로 며느리는 베트남 전문식당을 연다. 바쁜 와중에도 그녀는 끼니마다 시어머니 식사를 챙긴다. 힘든 일과를 마치고 집에 돌아오면 걱정과 두려움으로 잠을 자지 않고 기다리는 아이들을 보며 며느리는 눈물을 훔치곤 한다. 어린 두 아들과 연로한 어머니를 젊은 아내에게 맡기고 떠나느라 차마 눈을 못 감던 남편에게 끝까지 잘 돌보겠다고 약속했던 며느리. 젊은 며느리에게 짐이 될까 늘 미안해하며 안쓰러워하는 시어머니. 할머니를 생각하는 마음이 기특한 두 손자로 이뤄진 다문화 가정의 일상에서 진정한 가족의 의미와 고민이 그대로 전해졌다.

다문화 가정의 고부간 갈등과 화해를 통해 서로 다른 문화적 차이를 이해하고 보듬는 과정도 중요하다. 미래의 주역인 다문화 가정의 자녀에게 더 많은 관심을 기울여야 할 때다. 교육부의 〈2017년 교육 기본통계〉를 보면 초·중등학교에 재학 중인 다문화 학생 수는 10만 명을 넘어섰다. 다문화 학생이 10만 명을 넘어선 것은 관련 조사를 시행한 2012년 이후 처음이다. 특히 초등학생은 8만 2,733명으로 가장 많고 중학생은 1만 5,945명, 고등학생도 1만 334명으로 전체 초·

중등학생의 1.9퍼센트를 차지한다.

통계청 자료에 따르면 2016년 다문화 출생아는 1만 9,431명으로 전체 출생아 40만 6,243명의 4.8퍼센트를 점한다. 이렇게 점차 늘어나는 다문화 가정의 자녀들이 우리 사회의 건강한 구성원으로 잘 성장할 수 있을까.

서울 성북동 성당에서 커피를 마시고, 길상사에서 밥을 먹고 걸어서 내려오던 날 버스정류장에서 엄마와 함께 버스를 기다리고 있는 한 아이를 만났다 초등학교 3학년이고, 이름은 준호란다 한국인 아빠와 필리핀인 엄마에게서 태어났다 엄마와 아빠는 이혼했다 지금은 수녀원에서 운영하는 집에서 살면서 학교에 다닌다 오늘처럼 일주일에 한 번은 엄마가 혼자 사는 집으로 간다 함께 버스를 타고 가다가 내가 호주머니 속에서 사탕 하나를 꺼내 주었다 아이는 한국말을 참 잘했다 아이는 배낭을 등에 멘 채 두 손으로 전자오락을 하고, 한국말이 서툰 엄마는 웃으면서 아이가 매우 똑똑하다고 나에게 자랑했다 엄마와 아이의 대화는 쉽지 않은 듯 보였으나 정겨웠다 서로의 대화는 말로만 하는 것이 아니었다 (중략) 버스에서 엄마와 아이는 먼저 내리고, 우리는 그렇게 멀어지

면서 다시 만나자며 손을 흔들었다

윤희상 시인의 「봄에 만난 아이」라는 시를 읽다 보면 가슴 한구석이 먹먹하고 그들의 어려운 현실이 느껴진다.

다문화 가정의 자녀는 이중 언어를 배울 수 있는 기본 여건이 갖추어져 있다. 다양한 이중 언어를 구사할 수 있는 능력과 역량을 겸비하면 이들은 글로벌 시대에 큰 역할을 할 수 있는 소중한 자산이 될 수 있다. 그러나 현실은 그 장점을 제대로 살려주지 못하는 실정이다. 어려운 가정환경이나 경제적 여건 탓도 있지만 아직 남아 있는 사회의 편견과 배타성으로 다문화 청소년은 쉽게 위축되고 마음의 상처를 받기 때문이다.

여성가족부가 통계청에 의뢰한 〈2018 전국 다문화 가족 실태조사〉가 전국 2만 5,000 표본가구를 대상으로 실시됐다. 이 조사 결과를 잘 활용해 정부의 기존 정책이 좀 더 정교하게 수정 보완돼 다문화 가정의 자녀가 우리 사회의 당당한 구성원으로 성장하는 밑거름이 되기를 기대한다. 각

기관이나 단체도 생색내기가 아닌 실질적인 다문화 지원의 손길을 내밀어야 한다. 다문화 가정은 이제 이 땅에서 함께 살아가는 우리의 이웃이다. (2018. 8. 24)

생각에서 한 걸음 더

우리금융지주가 2012년에 설립한 다문화장학재단은 해마다 다문화가정의 자녀 가운데 장학생을 선발하여 그들의 꿈을 응원하고 있다. 재단은 지금까지 3,800여 명 아이들에게 장학금을 지원하며 그들의 든든한 버팀목이 되고 있다. 초록우산어린이 재단, 월드비전, 세이브더칠드런뿐만 아니라 여러 지역사회에서도 다문화가정 지원에 나서고 있다는 기쁜 소식도 자주 들린다. 큰 도움도 중요하지만 함께 사는 가까운 이웃부터 일상에서 이들을 보듬고 아끼는 풍토가 확산하고 뿌리 내리길 소망한다. 그들도 함께 살아가는 우리의 다정한 이웃이다.

무영이의 돌잔치가 열린 날
마을회관 입구에 경축 한국-베트남 돌잔치
펼침막이 내걸리고 경운기에도 풍선이 달리고
동네 어르신들도 베트남댁도 싱글벙글이다

시끌벅적하던 잔치판이 조용해진다

비단과 연필과 주판과 실을 놓아두고
주인공이 무얼 골라 들까 기다리는 순간,
무영이는 색색의 실타래를 골라 든다

(중략)

오 너는 네 운명의 실을 들고
낡은 것을 끊어내고 좋은 것을 이어가며
너의 시대를 새롭게 짜나가거라
어떤 슬픔과 시련이 너를 덮쳐와도
여기 코리아의 백두대간처럼 굳건하게
저기 인도차이나의 메콩 강처럼 굽힘없이
너는 너의 시대를 전진하라

박노해 시인의 시 「돌잔치」 주인공 무영이처럼 모두들 굳건하게 굽힘없이 자신의 세계를 열어가길 소망한다. 그들이 걸어가는 길에 우리의 따스한 손길이 필요하다.

편견의 장애가 없는 사회를 꿈꾸며

지난해 가을, 서울 신길역에서 휠체어를 탄 장애인이 계단에서 굴러떨어지는 사고가 발생했다. 1호선 전철에서 내려 5호선으로 갈아타려고 이동하던 중 일어난 사고였다. 안타깝게도 그는 이 사고로 두 달여 뒤 사망했다. 어떻게 이런 참담한 사고가 일어났을까. 장애인을 배려하지 않은 신길역의 구조 탓이 컸다. 신길역 환승 구간에는 엘리베이터가 없어 휠체어를 탄 장애인이 전철을 갈아탈 때는 리프트를 이용해야 했다. 5호선 방향에 있는 리프트 호출 버튼은 왼쪽에 설치되어 있었는데, 왼팔이 온전치 못한 그가 오른손으로 버튼을 누르려고 휠체어를 움직이다가 계단으로 굴러떨어져 목숨을 잃은 것이었다. 불편한 몸으로 버튼을 누르려고 애쓰는 동안 누구 하나 따뜻한 도움의 손길을 내밀지 않는 차가운 현실 앞에서 그는 얼마나 참담했을까. 신길역 추락사고에 진심으로 사과한 이는 아무도 없었다고 한다.

2001년 4월, 미국 보스턴 일간지 《보스턴 글로브》가 고장난 엘리베이터에 고립되어 고통을 겪는 한인 장애인 교수의 사연을 보도한 일이 문득 떠오른다. 그 주인공은 바로 고인이 된 장영희 교수다. 그가 하버드대 방문교수로 보스턴에 머무르고 있을 때 일어난 일이다. 잘 알려진 대로 장 교수는 어린 시절 앓은 소아마비 때문에 평생 목발을 사용해야 했는데 그가 거주하고 있는 아파트의 엘리베이터가 고장 난 것이었다.

장 교수는 아파트의 맨 꼭대기 층인 7층에 살았기에 날마다 목발을 짚고 오르내리는 일이 엄청난 고역이었다. 그는 부동산관리회사에 연락하여 신속하게 엘리베이터를 고쳐주든지 아니면 정상적인 활동을 할 수 있도록 임시거처를 마련해달라고 요청했으나 받아들여지지 않았다. 참다못한 그는 항의 이메일을 인터넷에 올리는 등 조용하지만 단단한 싸움을 시작했다. 이 사실을 보도한 《보스턴 글로브》의 기사에 많은 장애인이 분노했고 지역 언론의 날 선 비판도 이어졌다. 그로부터 3주 뒤 엘리베이터는 정상 가동되었고 그 회사는 장애인에게 우선적 지원을 약속하며 사과했다.

몸이 성치 않은 이웃을 향한 우리 사회의 무관심과 편견 사례는 셀 수 없이 많다. 특수학교가 인근에 신설된다는 소식에 주민들이 결사반대를 하고 장애아를 둔 엄마는 죄인이라도 된 양 그들 앞에서 무릎 꿇고 눈물로 하소연해야 하는 게 현실이다. 자신이 사는 빌라에 장애인이 입주한다는 이유로 주민들이 들고일어나 주차장을 자신들의 차량으로 막고 공사업체 차량이 들어오지 못하게 하여 집 내부 수리를 못 하게 한 일도 있었다. 심지어 앞날이 창창한 젊은이를 위한 청년임대주택이 건립된다는 소식에 인근 아파트 주민들이 '임대아파트 반대 비상대책위원회'를 결성하고 집단행동에 나서는 일까지 있었다. 우리 사회에 편견과 이기심이 얼마나 넓게 퍼져 있는지 짐작하게 하는 장면이다.

지금은 폐지된 한 방송국의 프로그램에서 장영희 교수는

"어떤 면에서 인간은 누구나 다 모종의 장애인입니다. 신체 장애는 눈에 띌 따름이죠. 권력을 지나치게 탐하거나 노동 없이 남의 돈을 먹는 것도 분명 장애입니다. 아니 신체적 장애보다 훨씬 더 심각한 장애입니다. 장애인 때문에 살아가기 힘든 것은 그들이 가진 신체적 장애 때문이 아니라 사회가 주는 편견의 장애 때문인지 모릅니다"라며 닫힌 마음을 열고 편견의 눈을 거두어달라고 호소했다.

민지는 신체장애 3급입니다
순희는 지적장애 2급입니다
우리 반 다른 친구들은 모두 정상입니다

민지가 바지에 똥을 싸면
순희가 얼른, 화장실로 데려가
똥 덩어리를 치우고 닦아 줍니다

다른 친구들이 코를 막고
교실에서 킥킥 웃을 때
순희가 민지를 업고

가늘고 긴 복도를 걸어올 때

유리창 밖 살구나무가
얼른, 꽃향기를 뿌려줍니다

살구나무도 신체장애 1급입니다
따뜻한 햇볕과 바람이 달려와
꽃 피우는 걸 도와주었습니다

시인 유금옥은 「살구꽃 향기」를 통해 장애아의 순수하고 아름다운 모습을 그려낸다. 이제라도 부끄러움을 알고 '편견의 장애'가 없는 사회를 만드는 일에 우리 모두 나서야 한다. (2018. 9. 21)

생각에서 한 걸음 더

2019년 말 현재 등록 장애인은 261.8만 명으로 전체 인구 5,171만 명의 5퍼센트에 달한다. 지체장애를 가진 이가 122만 명, 청각·언어 장애 39만 8,000명, 시각장애 25만 3,000명, 뇌병변 장애 25만 2,000명, 지적장애 21만 3,000명, 정신장애 10만 3,000명 등이다. 태어날 때부터 장애를 가진 '선천성 장애인'보다는 교통사고 등으로 장애를 갖게 된 '후천성 장애인'이 더 많다. 지체장애인 가운데 30세 이상은 120만여 명에 달한다. 따라서 비장애인도 언제든지 장애인이 될 여지가 있다. 그러나 장애인을 향한 우리 사회의 인식은 낮은 수준이다. 장애인을 위한 시설이 없다는 이유로 입학이 거부되기도 한다. 신체장애로 제대로 일을 못 할 것이라는 편견과 선입감은 이들의 취업 문턱을 높이고 있다. 이들을 위한 편의시설이 부족하고 대중교통을 이용한 나들이도 힘든 실정이다. 시설과 이동의 불편은 감내한다고 하더라도 정작 견디기 어려운 것은 장애인을 향한 비장애인의 편견과 차별의 시선이 아닐까.

치매로 덜 고통받는 나라가 되려면

장모를 모시고 살던 직장 선배가 생각난다. 매사에 빈틈없이 정확하고 남다른 열정이 돋보이던 분이 평소보다 늦게 출근한 날이었다. 선배는 미안한 표정으로 "장모님 때문에 늦었다"라고 했다. 몇 년 전부터 치매를 앓아 온 장모가 자동차 열쇠를 어디다 몰래 감추곤 했는데, 이날도 온 가족이 열쇠를 찾느라 한바탕 소동이 있었다고 했다. 결국 아파트 화단에서 열쇠를 찾았지만 근래 장모의 치매 증세가 더 심해져서 걱정이라며 선배는 긴 한숨을 내쉬었다.

어머니 앓아누워 도로 아기 되셨을 때
우리 부부 출근할 때나 외출할 때
문간방 안쪽 문고리에 어머니 손목 묶어두고 나갔네
우리 어머니 빈집에 갇혀 얼마나 외로우셨을까
돌아와 문 앞에서 쓸어내렸던 수많은 가슴들이여
아가 아가 우리 아가 자장자장 우리 아가
나 자장가 불러드리며 손목에 묶인 매듭 풀어드리면
장난감처럼 엎질러진 밥그릇이며 국그릇 앞에서
풀린 손 내밀며 방싯방싯 좋아하시던 어머니
하루종일 이 세상을 혼자 견딘 손목이 빨갛게 부어 있었네

이시영 시인은 「어머니 생각」이라는 시로 치매 어머니와 아들의 고통스러운 일상을 눈물겹게 그려냈다. 치매는 환자 본인보다 가족을 힘들게 하는 병이다. 환자를 돌보는 가족의 정신적인 고통과 경제적 부담은 겪어보지 않으면 알 수 없다고 한다.

보건복지부 산하 중앙치매센터의 2017년 연차보고서에 따르면, 지금 우리나라에서는 12분마다 한 명씩 치매 환자

가 발생한다. 작년 말, 이 병을 앓는 환자는 72만 5,000명으로, 2024년에는 100만 명을 넘을 것으로 추산하고 있다. 지난 9월 27일 통계청이 발표한 〈2018 고령자 통계〉를 보면 65세 이상 고령자는 738만 1,000명에 달한다. 이제 노인 10명 가운데 한 명은 치매 환자인 셈이다. 어느 날 갑작스럽게 찾아오는 치매는 피할 수 없는 현실이다.

SK 와이번즈의 트레이 힐만 감독은 2018년 프로야구 한국시리즈에서 외국인 감독으로는 처음으로 우승을 일군 명장이다. 그런 그가 최근 감독직을 사임하고 자신의 나라 미국으로 돌아갔다. 알츠하이머를 앓고 있는 어머니를 돌보기 위해서였다. 1981년에 미국 최초 여성 연방 대법관이 된 샌드라 데이 오코너는 2006년에 갑작스럽게 종신직인 연방 대법관을 그만두었다. 그의 갑작스러운 사임 이유도 트레이 힐만 감독과 비슷했다. 치매에 걸린 남편을 간병하기 위해서였다.

오코너는 남편을 극진히 돌보았고 그 과정에서 얻은 경험을 바탕으로 치매 예방에 앞장섰으며 환자 가족을 지원하는 활동도 활발히 했다. '치매 치유 전도사'라는 애칭을 얻은 오코너는 최근 자신도 알츠하이머병 치매 초기 단계임을 밝혔다는 소식을 들었다. 이렇게 배움의 정도나 지역, 인종, 성별, 소득수준 등과 상관없이 늙어가는 과정에 갑자기 찾아오는 슬프고 무서운 병 치매는 정부의 보건복지 분야 핵심 국정과제로 부각되었다.

2017년 9월 정부는 '치매국가책임제'를 발표했다. 말 그대로 치매 환자로 인한 문제를 국가가 나서서 책임지고 해결해주겠다는 정책이다. 정부는 이 정책에 따라 치매안심센터를 확충하고 의료지원과 장기요양 서비스를 확대하여 환자와 가족의 고통을 덜어줄 방안을 수립해 펼치고 있다. 그러나 치매국가책임제가 제대로 정착되려면 보여주기식 성과보다는 환자와 그 가족에게 실질적인 도움을 주는 제도가 되어야 한다. 또한 국가 치매 관리망에서 소외되는 환자가 없도록 세심한 관리도 병행되어야 한다. 제아무리 취지가 좋은 사업도 적정한 예산이 뒷받침되지 않으면 소용이 없다. 나라의 살림살이가 윤택해야 복지사업도 가능하다. 결국 경제 사정이 나아져야 꼭 필요한 일을 제대로 해낼 수 있다는 얘기다.

새해에는 우리 경제가 다시 활력을 되찾고 성장할 수 있도록 각 경제 주체가 좀 더 슬기로워지면 좋겠다. 자기 목소리를 내는 일도 중요하지만 다른 이의 목소리도 경청하며 더 나은 미래를 위해 힘을 모아야 한다. "백지장도 맞들면 낫다"라는 속담은 어느 시대에나 유효하다. (2018. 12. 14)

생각에서 한 걸음 더

치매는 고령자에게 치명적인 질병이다. 아직 완치되는 치료약도 치료법도 없다. 수명이 길어질수록 치매 환자도 늘어날 것이다. 현실이 이렇다면 우리는 치매를 이해하고 치매 환자와 더불어 사는 사회를 만들어야 한다. 일본은 치매 대책을 경제성장의 전략으로 설정하고 기업과 함께 관련 상품과 서비스를 개발하기로 했다고 한다. 다른 나라의 좋은 사례를 참고하여 우리나라 고유의 치매 관련 사업이 나오길 고대한다.

지자체의 금고은행이 뭐길래

두세 달 전 일이다. 어느 지방자치단체의 금고은행으로 모 은행이 선정되었다는 기사를 읽었다. 100년 넘는 세월 동안 그 업무를 맡아오던 기존 은행의 아성을 무너뜨렸다고 했다. 금고은행이 무엇이기에 여러 은행이 죽기 살기로 치열한 경쟁을 하고 엄청난 금액을 지자체에 기부하는지, 정말 금고 업무는 황금알을 낳는 거위인지 궁금했다.

금고 지정은 행정안전부의 예규 〈지방자치단체 금고 지정기준〉에 따라 각 지자체의 금고 지정조례에서 정한 평가

기준에 따라 선정하도록 규정되어 있다. 내가 알아본 평가 기준은 대체로 공정하고 합리적인 편이었다. 그러나 의아한 평가항목은 지자체와의 협력사업 부분이었다. 입찰에 참여한 은행은 향후 지자체와 함께 추진할 사업을 기술하는 것이 아니라 출연금을 제시하게 되어 있다. 즉 각 은행이 적어 낸 출연금 액수에 따라 점수를 매긴다. 은행의 입찰 경쟁은 결국 출연금 경쟁으로 변질할 수밖에 없는 구조다. 은행의 실력은 엇비슷하여 구별이 어려우니 결국 지자체의 금고은행이 되려면 거액을 들고 오라는 취지의 조례였다.

지자체 입장에서는 은행이 금고은행이 되고 싶어 안달복달하니 금고은행 선정이 많은 액수의 출연금을 받아낼 좋은 기회인 셈이다. 선정된 금고은행도 지자체의 금고은행이라는 이미지 제고와 관련 공무원을 고객으로 확보할 수 있는 장점도 지니고 있다. 그러나 이번에 뽑힌 금고은행이 제시한 협력기금, 즉 출연금 액수는 예상 밖의 큰 금액이었다. 금고은행이 되면 얼마나 이윤이 남는지 모르지만 상당한 금액을 협력기금으로 내는 점은 이해하기 어려웠다. 은행 나름대로 철저히 따져보았겠지만 내 눈에는 상식 밖의 과당출혈경쟁으로 비쳤다.

한국지방행정연구원의 지방자치 정책 브리핑 자료인 《주요 외국의 금고제도 운용 및 시사점》(2017년 11월 14일)은 현 금고제도의 문제점을 적시한다. 보고서에 따르면 미국 캘리포니아주 정부의 거래은행을 선정하는 주요 평가항목은 금융기관의 신용도와 제공 가능한 금융상품의 다양성과 전산 운용 능력이며 별도의 협력기금은 요구하지 않는다. 지정은행에 수수료를 지급하고 금고 약정기간은 기준을 충족하면 계속 연장된다. 자금 운용은 거래은행에 위임하지 않고 자체 금융공기업을 활용하여 재원을 안정적으로 운영하는 시스템을 갖추고 있다. 일본 도쿄도의 경우 지정금융기관은 단수로 제도화되어 있으나 복수의 금고를 순번제로 운영하며, 일반회계와 여유자금을 관리하는 은행을 별도로 운영하는 등 다양한 형태의 금고 운영이 이루어지고 있다. 서비스 제공에 따른 수수료 부담은 물론이고 일반 고객과 동등한 입장에서 은행과 거래하고 있는 점이 우리와 달랐다.

금융 선진국의 경우 공정하고 지극히 상식적인 규정에

따라 지자체의 금고 제도가 운용되고 있다. 이제 우리나라의 지자체 금고선정도 기회는 평등하고 과정은 공정하며 결과는 정의롭게 변경되어야 한다. 금융회사가 '고객 확보'와 '대외이미지 제고'라는 명분에 집착하여 지자체뿐만 아니라 많은 대학에 과도한 협력기금을 주는 사례를 자주 본다. 또한 공공기관과 대학도 당연한 권리인 양 금융회사에 특별대우를 요구한다는 이야기도 들린다. 사회통념을 벗어난 일이 대수롭지 않게 용인되는 것은 큰일이다. 앞으로 금융회사는 사회적 가치에 부합하는 방향으로 사회공헌활동을 자체적으로 추진해야 한다고 나는 믿는다.

다리가 되는 꿈을 꾸는 날이 있다
스스로 다리가 되어
많은 사람들이 내 등을 타고 어깨를 밟고
강을 건너는 꿈을 꾸는 날이 있다
(후략)

신경림 시인의 「다리」라는 시다. 어려운 이웃을 위해 기꺼이 다리가 되어주는 이들이 많은 사회, 자기 이익만 챙기

는 메마른 사회가 아니라 서로가 기꺼이 다리가 되어주는 훈훈한 사회를 꿈꾸어본다. (2018. 7. 27)

생각에서 한 걸음 더

오래전 미국에서 몇 년 거주한 적이 있다. 전화요금, 전기요금, 신용카드 대금이나 각종 공과금 등을 낼 때는 사용자가 직접 개인 수표를 발행하여 해당 기관이 보내온 우편봉투에 넣어 보내곤 했다. 우리나라처럼 은행의 자동납부결제 시스템을 이용하지 않고 서비스를 제공하는 업체가 스스로 처리하는 구조였다.

우리나라의 금융회사는 정부나 지자체, 공공기관의 자금관리업무를 주로 대신해주면서 많은 인력이나 전산 자원을 동원하고 있다. 그럼에도 지자체의 금고은행이 되기 위해 금융회사는 거액의 출연금도 마다하지 않는 현상을 어떻게 이해해야 하나. 금융회사의 출연금은 어디서 나오는 것일까. 출연금을 요구하는 기관의 행태는 과연 올바른가.

디지털 소외계층도
품어야 한다

회사 근처에 깊은 맛을 내는 곰탕집이 있어 자주 들르곤 한다. 얼마 전 점심시간에 그 집을 찾았다. 자리를 잡고 앉아서 주문을 기다리는데 종업원이 와서 주문과 결제는 무인주문 단말기(키오스크)를 이용하라고 했다. 그 말을 듣고 잠시 당황했지만 무인주문 기계에서 메뉴를 고르고 신용카드로 음식값을 미리 계산하는 절차를 따른 뒤에야 한 끼 식사를 마쳤다. 생활 전반에 무인시스템이 사람이 하던 업무를 대신 척척 처리하는 디지털시대의 현실을 실감한 것이다. 변화하는 시대에 적응하지 못하는 사람들은 이제 어떻게 살아가나.

몇 년 전에 본 영화의 한 장면이 생각난다. 2016년 칸 영화제에서 황금종려상을 받은 켄 로치 감독의 〈나, 다니엘 블레이크(I, Daniel Blake)〉라는 영화다. 평생을 목수로 성실히 살아온 주인공은 부인의 병구완에 여윳돈을 거의 다 소진하고 힘들게 살아간다. 그러나 지병인 심장병이 악화하여 일을 계속하면 생명이 위태롭다는 의사의 권고에 따라 질병 수당을 신청한다.

다니엘은 질병 수당 수급대상이 아니라는 통보를 받고 상담을 위해 해당 관청을 찾아간다. 하지만 사전에 온라인으로 신청해야 상담할 수 있다는 직원의 무성의한 응대에 다니엘은 분노한다. 컴퓨터를 다룰 줄 모르는 그는 가까스로 친절한 직원의 도움을 받지만 그 직원은 상사의 질책을 듣는다. 천신만고 끝에 실업수당을 신청하지만 결국 받지 못하게 된다. 건강 문제로 일을 할 수 없는 데다 컴퓨터나 스마트폰으로 이력서를 만들어 체계적으로 구직활동을 하라는 지침도 제대로 따르지 못했기 때문이다.

다니엘은 마지막으로 질병 수당 자격심사 항고를 하지만 그날 심장마비로 사망한다. 항고에 대비해서 준비했던 그의 메모가 발견되는데, 여기에는 "나는 인간입니다. 개가 아니라. 나, 다니엘 블레이크는 한 사람의 시민이지 그 이상도, 그 이하도 아닙니다"라는 절규가 적혀 있었다.

영화의 이야기는 남의 나라 이야기가 아니다. 우리의 현실도 급속히 디지털 시대로 변해 간다. 사람이 하던 일을 기계가 대신한다. 패스트푸드점이나 편의점, 공항, 영화관 등 곳곳을 무인단말기가 차지하고 있다. 이달 초, 모 항공사는 국내선 공항 카운터에서 탑승권을 발권하면 수수료를 따로 물린다고 했다. 모바일과 키오스크를 활용하여 '스마트 공항'을 구현한다는 의도에서 나온 정책이지만 무인 발권 체계에 익숙하지 않은 노년층의 불편이 예상된다. 이렇게 무인화의 물결이 거세질수록 디지털 문화의 소외계층이 생겨나기 마련이다. 인간에게 편리함을 주는 기술 발달이 또 다른 장벽을 만든다. 이 장벽의 바깥에는 노년층이 자리 잡고 있다.

디지털 금융도 피할 수 없는 시대의 흐름이 되었다. '내 손 안의 작은 은행'을 구현하기 위해 은행은 사활을 걸고 서로 경쟁하고 있다. 지난 5월 한국은행이 발표한 '2018년 모바일 금융서비스 이용행태 조사 결과'에 따르면 일반은행의 모바일 뱅킹 서비스를 최근 3개월 이내에 이용한 60대는 18.7퍼센트, 70대는 6.3퍼센트에 불과했다. 20대는 76.3퍼센트, 30대 87.2퍼센트, 40대 76.2퍼센트이며 50대도 51퍼센트가 이용하는 것에 비추어 볼 때 모바일 뱅킹 이용도 세대별로 양극화가 심한 실정이다.

고령층은 여전히 창구거래를 선호하지만 은행은 비용 절감을 위해 비대면 거래를 정책적으로 확대하고 있다. 비대면 거래에 수수료 면제나 우대금리를 주는 추세에 비해 창구거래를 하는 노년층은 이런 혜택도 받기 어려운 처지가 되었다. 금융권은 미래 고객도 중요하지만 노년층의 금융서비스 권리를 찾아주는 노력도 기울여야 한다. 알기 쉬운 모바일 뱅킹 이용설명서나 동영상 제작, 직원의 시연과 설명도 필요하다. 지자체와 협력하여 노년층을 위한 금융교육을 활발히 하는 것도 한 방법일 것이다. 창구를 찾는 노년층을 위한 전담창구나 도우미를 배치하여 문턱을 낮추어야 한다. 수익만 추구하기보다 배려가 필요한 시점이다.

어머니가 배고픈 아기에게 젖을 물리듯
강물의 물살이 지친 물새의 발목을
제 속살로 가만히 주물러주듯

품어야 산다

(중략)

막다른 골목길이 혼자 선 외등을 품듯
그 자리에서만 외등은 빛나듯
우유배달하는 여자의 입김으로
동이 트듯

품는 힘으로
안겨야 산다

황규관 시인의 「품어야 산다」라는 시다. 이제 우리 사회도 약자를 보듬고 품어야 산다. 경제적으로 소외된 계층뿐만 아니라 디지털 소외계층도 다 같은 인간이다. (2019. 11. 22)

생각에서 한 걸음 더

2020년 5월 5일, 금융위원회가 고령층도 쉽게 모바일 앱과 금융 사이트를 이용할 수 있도록 금융회사 등이 디지털 금융 환경을 조성할 때 준수해야 할 기본지침을 마련한다는 보도가 있었다. 비대면 금융서비스가 빠르게 확산하는 현실을 고려하여 디지털에 소외되기 쉬운 고령층에 관심과 배려가 필요하다는 설명이었다. 그 연장선에서 금융회사는 '고령층 친화적 디지털 금융환경 조성 가이드라인 마련'을 위한 정책연구용역도 발주했다고 한다. 사업자가 선정되면 계약일로부터 7개월 이내에 관련 연구의 결과물이 나온다. 늦게나마 고령층을 위한 금융회사의 노력에 희망과 기대를 건다.

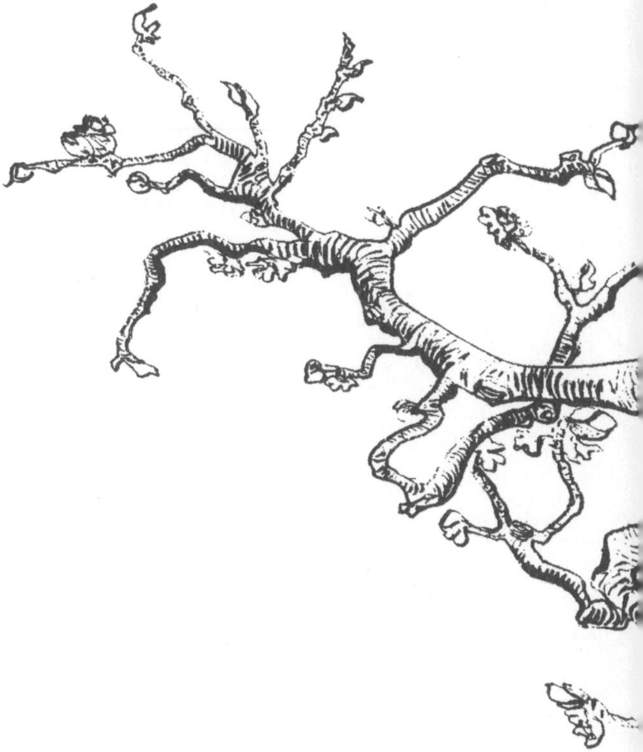

본문 인용 시 전문

1. 박노해, 「거대한 착각」

나만은 다르다

이번은 다르다

우리는 다르다

— 본문 「門을 낮게 만든 까닭」에 인용(p. 18)
시집 『그러니 그대 사라지지 말아라』(느린걸음, 2010)에서
박노해: 1983년 《시와 경제》 등단. 시집 『노동의 새벽』 외

2. 노원호, 「행복한 일」

누군가를
보듬고 있다는 것은 행복한 일이다.

나무의 뿌리를 감싸고 있는 흙이 그렇고
작은 풀잎을 위해 바람막이가 되어준 나무가 그렇고
텃밭의 상추를 둘러싸고 있는 울타리가 그렇다.

남을 위해
내 마음을 조금 내어 준 나도
참으로 행복하다.

어머니는 늘
이런 행복이 제일이라고 하셨다.

— 본문 「'공덕비'를 세우지 말고 '공덕'을 쌓아라」에 인용(pp. 24~25)
동시집 『e 메일이 콩닥콩닥』(청개구리, 2016)에서
노원호: 조선일보 신춘문예 등단. 동시집 『바다를 담은 일기장』 외

3. 김영무, 「연잎 — 만남의 신비」

떠돌이 빗방울들 연잎을 만나
진주알 되었다

나의 연잎은 어디 계신가,

나는 누구의 연잎일 수 있을까

— 본문 「나는 누구의 '연잎'일 수 있을까」에 인용(p. 29)
시집 『산은 새소리마저 쌓아두지 않는구나』(창비, 1998)에서
김영무: 1993년 첫시집 『색동단풍숲을 노래하라』 간행

4. 공광규, 「속 빈 것들」

아름다운 소리를 내는 것들은 다 속이 비어 있다

줄기에서 슬픈 숨소리가 흘러나와
피리를 만들어 불게 되었다는 갈대도 그렇고
시골집 뒤란에 총총히 서 있는 대나무도 그렇고
가수 김태곤이 힐링 프로그램에 들고 나와 켜는 해금과 대금도 그렇고
프란치스코 회관에서 회의 마치고 나오다가 정동 길거리에서 산 오카리나도 그렇고

나도 속 빈 놈이 되어야겠다
속 빈 것들과 놀아야겠다

— 본문 「속이 비어야 아름다운 소리를 낸다」 인용(p. 41)
시집 『담장을 허물다』(창비, 2016)에서
공광규: 1986년 《동서문학》 등단. 시집 『담장을 허물다』 외

5. 윤제림, 「봄날에」

아파트 화단 앞 벤치에 동네 할머니 서넛이 모여앉아 유모차에 실려 나온 갓난아이 하나를 어르고 있습니다. 백일이나 됐을까요, 천둥벌거숭이 하나를 빙 둘러싸고 얼럴럴 까꿍, 도리도리 짝짜꿍 난리가 났습니다. 배냇짓을 하는지 사람을 알아본다며 박수를 치고, 옹알이를 하는지 사람의 소리를 낸다며 아이들처럼 좋아합니다. 조금 전까지 한창이던 동남아 관광 얘기는 쏙 들어갔습니다. 할머니들은 지금 저 어린 나그네가 떠나온 나라에 대해 묻고 싶은 게 많은 모양입니다. 떠나야 할 길에 대해 알고 싶은 게 많은 모양입니다. 거기도 봄인지, 눈도 녹고 길도 좋은지. 거기까지 늙은이 걸음으로는 얼마나 걸리는지.

— 본문 「우리는 모두 한때 아이였다」 인용(p. 47)
시집 『그는 걸어서 온다』(문학동네, 2008)에서
윤제림: 1987년 『문예중앙』 등단. 시집 『삼천리호 자전거』, 『사랑을 놓치다』 외

6. 최서림, 「완장」

어떤 색깔이든, 완장이 채워지면
누구라 할 것 없이 늑대가 된다.
눈에 띄지 않는 완장을 찬 그들은
법의 테두리 밖에서,
도처에서, 킁킁거리며 어슬렁거린다.
시베리아 늑대만큼 재빠르게,
법위에 올라타서, 법을 주무른다.
늑대에게 한번 찍혀서 물리기만 하면
그 누구도 벗어날 재간이 없다.
이미 죽은 시체까지 물어뜯는 늑대들,
완장이 벗겨지면 이빨 빠진 똥개가 된다.

— 본문 「혁신은 화려함에 있지 않다」 인용(pp. 53~54)
시집 『시인의 재산』(지혜, 2018)에서
최서림: 1993년 『현대시』 등단. 시집 『버들치』 외

7. 이면우, 「빵집」

빵집은 쉽게 빵과 집으로 나뉠 수 있다
큰 길가 유리창에 두 뼘 도화지 붙고 거기 초록 크레파스로
아저씨 아줌마 형 누나님
우리집 빵 사가세요
아빠 엄마 웃게요, 라고 쓰여진 걸
붉은 신호등에 멈춰 선 버스 속에서 읽었다 그래서
그 빵집에 달콤하고 부드러운 빵과
집 걱정 하는 아이가 함께 있는 걸 알았다

나는 자세를 반듯이 고쳐 앉았다
못 만나봤지만, 삐뚤빼뚤하지만
마음으로 꾹꾹 눌러 쓴 아이를 떠올리며

— 본문 「아빠 엄마 웃게, 우리 집 빵 사가세요」 인용(p. 70)
시집 『아무도 울지 않는 밤은 없다』(창비, 2001)에서
이면우: 1991년 시집 『저 석양』 간행

8. 문태준, 「두 소년」

굵은 눈이 막 올 때는
두 소년이 생각난다

어느 해 어느 날인지는 가마득해 잊었지만
땔감을 사러 보육원에서 트럭이 온 날이었다

산 밑 우리 집에 따라와
땔나무를 싣던 두 소년

트럭 짐칸에 타고
굵은 눈 속으로 멀어져간

두 소년은 나와 또래라 했다

— 본문 「'두 소년'은 어떻게 되었을까」 인용(pp. 75~76)
시집 『우리들의 마지막 얼굴』(창비, 2015)에서
문태준: 1994년 《문예중앙》 등단. 시집 『맨발』 외

9. 배한봉, 「복숭아를 솎으며」

열매를 솎아보면 알지
버리는 일이 얼마나 어려운가를
나 처음엔
열매 많이 다는 것이 그저 좋은 것인 줄 알고
아니, 그 주렁주렁 열린 열매 아까워
제대로 솎지 못했다네
한 해 실농(失農)하고서야 솎는 일이
버리는 일이 아니라 과정이란 걸 알았네
삶도, 사랑도 첫 마음 잘 솎아야
좋은 열매 얻는다는 걸 뒤늦게 알았네
나무는 제 살점 떼어내는 일이니 아파하겠지만
굵게 잘 자라라고
부모님 같은 손길로 열매를 솎는 5월 아침
세상살이 내 마음 솎는 일이
더 어렵다는 걸 알았네

— 본문 「'두 소년'은 어떻게 되었을까」 인용(p. 77)

시집 『악기점』(세계사, 2004)에서

배한봉: 1998년 《현대시》 등단. 시집 『흑조』 외

10. 김종해, 「그대 앞에 봄이 있다」

우리 살아가는 일 속에
파도치는 날 바람부는 날이
어디 한두 번이랴
그런 날은 조용히 닻을 내리고
오늘 일을 잠시라도
낮은 곳에 묻어두어야 한다
우리 사랑하는 일 또한 그 같아서
파도치는 날 바람부는 날은
높은 파도를 타지 않고
낮게 낮게 밀물져야 한다
사랑하는 이여
상처받지 않은 사랑이 어디 있으랴
추운 겨울 다 지내고
꽃 필 차례가 바로 그대 앞에 있다

— 본문 「행복하자, 아프지 말고」 인용(pp. 82~83)

시집 『별똥별』(문학세계사, 1994)에서

김종해: 1963년 《자유문학》, 경향신문 신춘문예 시 당선. 시집 『인간의 악기』 외

11. 설정환, 「삶의 무게」

파지 1Kg 50원
신문 1Kg 100원
고철 1Kg 70원
구리 1Kg 1400원
상자 1Kg 100원
양은 1Kg 800원
스텐 1Kg 400원
각종 깡통 1Kg 50원
– 고물상 주인 백

삶이 얼마나 무거워져야 가벼워지는지 모르는
허리 굽은 이가 저울 위에 그의 전부를 올려 놓는다
먼저 무게를 다 달고 난 이가 멀찍이서
그, 저울눈을 슬쩍슬쩍 훔쳐보며 견줘보고는 배식배식 웃는다
햇빛 환한 마당에는 좀 더 무거워야 가벼워지는

삶이 순해진다.

— 본문 「빈곤이 일상인 노인이 기댈 곳은?」 인용(p. 91)

시집 『나 걸어가고 있다』(시와 사람, 2010)에서

설정환: 2005년《함께 가는 문학》등단. 시집 『나 걸어가고 있다』

12. 김사인, 「바짝 붙어서다」

굽은 허리가
신문지를 모으고 상자를 접어 묶는다.
몸뻬는 졸아든 팔순을 담기에 많이 헐겁다.
승용차가 골목 안으로 들어오자
바짝 벽에 붙어선다
유일한 혈육인 양 작은 밀차를 꼭 잡고.

고독한 바짝 붙어서기
더러운 시멘트 벽에 거미처럼
수조 바닥의 늙은 가오리처럼 회색 벽에
낮고 낮은 저 바짝 붙어서기

차가 지나고 나면
구겨졌던 종이같이 할머니는
천천히 다시 펴진다.
밀차의 바퀴 두 개가

어린 염소처럼 발꿈치를 졸졸 따라간다.

늦은 밤 그 방에 켜질 헌 삼성 테레비를 생각하면
기운 싱크대와 냄비들
그 앞에 선 굽은 허리를 생각하면
목이 멘다
방 한구석 힘주어 꼭 짜놓았을 걸레를 생각하면.

— 본문 「빈곤이 일상인 노인이 기댈 곳은?」 인용(pp. 93~94)
시집 『어린 당나귀 곁에서』(창비, 2015)에서
김사인: 1981년 《시와 경제》 등단. 시집 『가만히 좋아하는』 외

13. 이정록, 「우주의 놀이」

천년 고목도
한때는 새순이었습니다.
새 촉이었습니다.
새싹 기둥을 세우고
첫 잎으로 지붕을 얹습니다.

첫 이파리의 떨림을
모든 이파리가 따라 하듯
나의 사랑은 배냇짓뿐입니다.
곁에서 품으로,
끝없이 첫걸음마를 뗍니다.

사랑을 고백한다는 것은
영원한 소꿉놀이를 하는 겁니다.
이슬 비치는 그대 숲에서
고사리손을 펼쳐 글을 받아내는 일입니다.

곁을 스쳐간 건들바람과
품에 깃든 회오리바람에 대하여.

태초의 말씀들,
두근두근 옹알이였습니다.
숨결마다 시였습니다.
떡잎 합장에 맞절하며
푸른 말씀을 숭배합니다.

새싹이 자라 숲이 됩니다.
아기가 자라 세상이 됩니다.
등 너머, 손깍지까지 당도한
아득한 어둠을 노래합니다.

싹눈이 열리는 순간,
태초가 열립니다. 거룩한
우주의 놀이가 탄생합니다.

— 본문 「아이를 잘 키우는 일에 발 벗고 나서야 한다」 인용(pp. 98~99)
시집 『눈에 넣어도 아프지 않는 것들의 목록』(창비, 2016)에서
이정록: 1989년 《대전일보》 신춘문예 시 당선. 시집 『어머니 학교』 외

14. 이재무, 「첫인사」

초면인 사람과 통성명 주고받은 뒤
고향이 어디십니까? 대신에
어디 사세요? 하는 인사 더 자주 받는다
이 질문의 변화는 심상한 것이 아니다
마음의 평지에 불쑥 돌 솟아오른다
여의도에 삽니다
아하, 좋은 데 사시는군요
나는 망설이고 망설인다
오해 풀어야 하나? 말아야 하나?
청자는 내 초라한 입성 재빠르게 훑어본다
속내 들킨 이의 발개진 얼굴,
서리 맞은 배추 잎같이 시들어가는 목소리로
아, 예, 전, 전세인데요
그러면 그는 그런다 겸연쩍다는 듯
전세라도 어딘데요? 여의도잖아요
마음의 평지에 불끈 돌 솟아오른다

— 본문 「집의 주인은 돈이 아닌 사람이다」 인용(pp. 103~104)
시집 『경쾌한 유랑』(문학과 지성사, 2011)에서
이재무: 1983년 《삶의 문학》 등단. 시집 『섣달 그믐』 외

15. 안도현, 「집」

내가 사는 이리는
서울보다는 집값이 싸다
서울 가서 살고 싶어도
우리는 돈이 없어 못 간다
여기 돈하고
거기 돈이 달라서
지금쯤 서울에 있었다면
우리도 이 세상 버렸을지 모른다고
아내가 말했다
나는 가슴이 아파왔다

— 본문 「집의 주인은 돈이 아닌 사람이다」 인용(pp. 104~105)
시집 『그대에게 가고 싶다』(푸른숲, 1991)에서
안도현: 1981년《대구매일신문》신춘문예에 시 〈낙동강〉 당선. 시집 『모닥불』 외

16. 함민복, 「서울역 그 식당」

그리움이 나를 끌고 식당으로 들어갑니다
그대가 일하는 전부를 보려고 구석에 앉았을 때
어디론가 떠나가는 기적소리 들려오고
내가 들어온 것도 모르는 채 푸른 호수 끌어
정수기에 물 담는데 열중인 그대
그대 그림자가 지나간 땅마저 사랑한다고
술 취한 고백을 하던 그날 밤처럼
그냥 웃으면서 밥을 놓고 분주히 뒤돌아서는 그대
아침, 뒤주에서 쌀 한 바가지 퍼 나오시던
어머니처럼 아름답다는 생각을 하며
나는 마치 밥 먹으러 온 사람처럼 밥을 먹습니다
나는 마치 밥 먹으러 온 사람처럼 밥을 먹고 나옵니다

— 본문 「그 집은 아직도 그곳에 있을까」 인용(p. 113)
시집 『모든 경계에는 꽃이 핀다』(창비, 1996)에서
함민복: 1988년 《세계의 문학》 등단. 시집 『말랑말랑한 힘』 외

17. 신경림, 「거인의 나라」

모두들 큰 소리로만 말하고
큰 소리만 듣는다
큰 것만 보고 큰 것만이 보인다
모두들 큰 것만 바라고
큰 소리만 좇는다
그리하여 큰 것들이 하늘을 가리고
큰 소리가 땅을 뒤덮었다
작은 소리는 하나도 들리지 않고
아무도 듣지를 않는
작은 것은 하나도 보이지 않고
아무도 보지를 않는
그래서 작은 것 작은 소리는
싹 쓸어 없어져버린 아아
우리들의 나라 거인의 나라

— 본문 「조급하면 일을 그르치게 된다」 인용(pp. 122~123)
시집 『쓰러진 자의 꿈』(창비, 1993)에서
신경림: 1956년 《문학예술》 등단. 시집 『농무』, 『가난한 사랑노래』 외

18. 이상국, 「시인 생각」

내가 사는 도시의 한 아파트에서
고양이를 구하던 119 구조대원이 오층에서 떨어졌다
그날 고양이는 걸어서 집으로 돌아갔지만
구조대원은 다시는 출근하지 못했다
얼마 지나지 않아 스물두살
그의 앳된 아내는 유복자를 낳았다
동료들은 슬퍼하며 그를 국립현충원에 묻고자 했으나
국가는 이를 정중하게 거부했다
그가 구한 게 국민이나 정부 재산도 아니고
고작 한마리 고양이였으므로
너무한다고 할 수도 없는 일이었다
고양이들은 오랫동안 국민의 양식을 지켰다
그러나 요즘 쓸데없이 빈둥거리거나
떼로 몰려다니며 연애질이나 하는
그들 편을 들자는 건 아니나
언제부턴가 지상에 농사가 없어지고

쥐들도 도시 생활을 하는 바람에
그들도 반건달이 될 수밖에
세상은 쥐도 살고 고양이도 살아야 한다
이 모든 게 사람이 저지른 일이므로
국가는 그 미망인과 유복자에게
상당한 책임을 져야 한다고 생각한다
나는 그렇게 생각한다

— 본문 「소방관, 우리 시대의 '초라한' 영웅」 인용(pp. 127~128)
시집 『달은 아직 그 달이다』(창비, 2016)에서
이상국: 1976년 《심상》 등단. 시집 『동해별곡』, 『우리는 읍으로 간다』 외

19. 김광규, 「그 울던 아기」

인천공항을 떠나 프랑크푸르트까지
12시간을 날아가는 에어버스
젊은 백인 부부가 데리고 가는
머리카락 까만 아기가
끊임없이 보채고 울어댔다
키 큰 아빠가 안고 얼러도
다리 긴 엄마가 업고 달래도
사방을 두리번거리며 아기는
울음을 그치지 않았다
혹시 배가 고픈 것 아닐까
기저귀가 젖은 것 아닐까
옆자리 승객들이 몇 마디 거들었지만
바닥에 내려놓을 때만 잠깐
기어 다닐 뿐
지치지도 않고 슬프게 울어댔다
마침내 먼 나라에 착륙하자 그 아기는

새 부모와 함께 사라졌다
지금도 귓가에 들려오는 그 울음소리
잊히지 않는 그 까만 눈동자
고향을 떠나기 싫었던 그 어린 영혼

—「한국을 떠난 아이들, 잘 살고 있을까」 인용(pp. 135~136)
시집 『하루 또 하루』(문학과지성사, 2011)에서
김광규: 1975년 『문학과 지성』 등단. 시집 『아니다 그렇지 않다』 외

20. 이준관, 「징검다리」

여기 징검다리가 있구나.
강을 건너려면 내게 업히라고
넓적한 등을 내미는구나.

씨를 뿌리러 가는 사람이 건너가는
징검다리 위로
그 사람의 따뜻한 밥 한 끼처럼
태양이 떠 있구나.

겨울 동안
송아지 목덜미를 따뜻이 핥아주던
암소가 물 마시러 오고,
징검다리 위에서
나도 암소처럼 눈 녹은 물에 입술을 댄다.

까치밥 같은 마을의 불빛을

쪼아먹으며 겨울을 보낸 새들이
하늘의
징검다리로 떠 있고,

나는 흘러가는 강에
넓적한 돌을 놓는다.
누군가의 등이 되어주고 싶어서.

— 본문 「욕심이 화를 부른다」 인용(pp. 142~143)
시집 『부엌의 불빛』(시학, 2005)에서
이준관: 1971년 《서울신문》 신춘문예 동시 당선. 시집 『황야』 외

21. 이상국, 「틈」

바위에 뿌리를 내리고 사는 나무는
한겨울에 뿌리를 얼려
조금씩 아주 조금씩
바위에 틈을 낸다고 한다
바위도
살을 파고드는 아픔을 견디며
몸을 내주었던 것이다
치열한 삶이다
아름다운 생이다
나는 지난겨울 한 무리의 철거민들이
용산에 언 뿌리를 내리려다가
불에 타 죽는 걸 보았다
바위도 나무에게 틈을 내주는데
사람은 사람에게 틈을 주지 않는다
틈

— 본문 「'틈'을 내주는 사회를 꿈꾸며」 인용(pp. 148~149)
시집 『뿔을 적시며』(창비, 2012)에서
이상국: 1976년《심상》등단. 시집 『집은 따뜻하다』 외

22. 윤희상, 「봄에 만난 아이」

성북동 성당에서 커피를 마시고, 성북동 길상사에서 밥을 먹고 걸어서 내려오던 날 버스정류장에서 엄마와 함께 버스를 기다리고 있는 한 아이를 만났다. 초등학교 3학년이고, 이름은 준호란다 한국인 아빠와 필리핀인 엄마에게서 태어났다 엄마와 아빠는 이혼했다 지금은 수녀원에서 운영하는 집에서 살면서 학교에 다닌다 오늘처럼 일주일에 한 번은 엄마가 혼자 사는 집으로 간다 함께 버스를 타고 가다가 내가 호주머니 속에서 사탕 하나를 꺼내주었다 아이는 한국말을 참 잘했다 아이는 배낭을 등에 멘 채 두 손으로 전자오락을 하고, 한국말이 서툰 엄마는 웃으면서 아이가 매우 똑똑하다고 나에게 자랑했다 엄마와 아이의 대화는 쉽지 않은 듯 보였으나 정겨웠다 서로의 대화는 말로만 하는 것이 아니었다 이름이 유명한 야구선수의 이름과 같아서 내가 오래 기억할 수 있다고 아이에게 말했다 버스에서 엄마와 아이는 먼저 내리고, 우리는 그렇게 멀어지면서 다시 만나자며 손을 흔들

었다

— 본문 「우리의 이웃, 다문화 가정」 인용(pp. 154~155)
시집 『이미, 서로 알고 있었던 것처럼』(문학동네, 2014)에서
윤희상: 1989년 《세계의 문학》 등단. 시집 『고인돌과 함께 놀았다』 외

23. 박노해, 「돌잔치」

무영이의 돌잔치가 열린 날
마을회관 입구에 경축 한국-베트남 돌잔치
펼침막이 내걸리고 경운기에도 풍선이 달리고
동네 어르신들도 베트남댁도 싱글벙글이다

시끌벅적하던 잔치판이 조용해진다
비단과 연필과 주판과 실을 놓아두고
주인공이 무얼 골라 들까 기다리는 순간,
무영이는 색색의 실타래를 골라 든다

짧은 탄식, 긴 덕담,
다들 부귀영화의 징표인 비단이나
돈 잘 버는 주판을 뽑아들기를 기원했건만
무영이는 태평스레 실타래를 흔들며 웃는다

나는 무영이를 안고 그 발그란 볼에 뽀뽀하면서

간절히 소망을 보낸다
네가 어떤 운명을 맞게 될지는 아무도 모른다
네가 골라 든 대물림의 실로 무엇을 짓고
무엇을 짜나갈지는 아무도 모른다
멀리 베트남 오지마을 야자나무 아래서
엄마처럼 자라지 못하고 여기 태어난 것이
너의 불행일까 행운일까
네가 청년이 될 무렵에도 이방인은 차별받고 있을까

오 너는 네 운명의 실을 들고
낡은 것을 끊어내고 좋은 것을 이어가며
너의 시대를 새롭게 짜나가거라
어떤 슬픔과 시련이 너를 덮쳐와도
여기 코리아의 백두대간처럼 굳건하게
저기 인도차이나의 메콩 강처럼 굽힘없이
너는 너의 시대를 전진하라

— 본문 「우리의 이웃, 다문화 가정」 인용(pp. 157~158)
시집 『그러니 그대 사라지지 말아라』(느린걸음, 2010)에서
박노해: 1983년 『시와 경제』 등단. 시집 『노동의 새벽』 외

24. 유금옥, 「살구꽃 향기」

민지는 신체장애 3급입니다
순희는 지적장애 2급입니다
우리 반 다른 친구들은 모두 정상입니다

민지가 바지에 똥을 싸면
순희가 얼른, 화장실로 데려가
똥 덩어리를 치우고 닦아 줍니다

다른 친구들이 코를 막고
교실에서 킥킥 웃을 때

순희가 민지를 업고
가늘고 긴 복도를 걸어올 때

유리창 밖 살구나무가
얼른, 꽃향기를 뿌려줍니다

살구나무도 신체장애 1급입니다
따뜻한 햇볕과 바람이 달려와
꽃 피우는 걸 도와주었습니다

— 본문 「편견의 장애가 없는 사회를 꿈꾸며」 인용(pp. 162~163)
2011년 《조선일보》 신춘문예 동시 당선작
유금옥: 2004년 《현대시학》 등단. 동시집 『전교생이 열명』

25. 이시영, 「어머니 생각」

어머니 앓아누워 도로 아기 되셨을 때
우리 부부 출근 할 때나 외출할 때
문간방 안쪽 문고리에 어머니 손목 묶어두고 나갔네
우리 어머니 빈집에 갇혀 얼마나 외로우셨을까
돌아와 문 앞에서 쓸어내렸던 수많은 가슴들이여
아가 아가 우리 아가 자장자장 우리 아가
나 자장가 불러드리며 손목에 묶인 매듭 풀어드리면
장난감처럼 엎질러진 밥그릇이며 국그릇 앞에서
풀린 손 내밀며 방싯방싯 좋아하시던 어머니
하루종일 이 세상을 혼자 견딘 손목이 빨갛게 부어 있었네

— 본문 「치매로 덜 고통받는 나라가 되려면」 인용(p. 166)
시집 『경찰은 그들을 사람으로 보지 않았다』(창비, 2012)에서
이시영: 1969년 《월간문학》 등단. 시집 『하동』 외

26. 신경림, 「다리」

다리가 되는 꿈을 꾸는 날이 있다
스스로 다리가 되어
많은 사람들이 내 등을 타고 어깨를 밟고
강을 건너는 꿈을 꾸는 날이 있다
꿈속에서 나는 늘 서럽다
왜 스스로는 강을 건너지 못하고
남만 건네주는 것일까
깨고 나면 나는 더 억울해지지만

이윽고 꿈에서나마 선선히
다리가 되어주지 못한 일이 서글퍼진다

— 본문 「지자체의 금고은행이 뭐길래」 인용(p. 174)
시집 『쓰러진 자의 꿈』(창비, 1993)에서
신경림: 1956년 《문학예술》 등단. 시집 『농무』, 『가난한 사랑노래』 외

27. 황규관, 「품어야 산다」

어머니가 배고픈 아기에게 젖을 물리듯
강물의 물살이 지친 물새의 발목을
제 속살로 가만히 주물러 주듯

품어야 산다

폐지수거하다 뙤약볕에 지친
혼자 사는 103호 할머니를
초등학교 울타리 넘어온 느티나무 그늘이
품어주고,

아기가 퉁퉁 분 어머니 젖가슴을
이빨 없는 입으로 힘차게 빨아대듯
물새의 부르튼 발이
휘도는 물살을 살며시 밀어주듯
품어야 산다

막다른 골목길이 혼자 선 외등을 품듯
그 자리에서만 외등은 빛나듯
우유배달하는 여자의 입김으로
동이 트듯

품는 힘으로
안겨야 산다

— 본문 「디지털 소외계층도 품어야 한다」 인용(p. 181)
시집 『패배는 나의 힘』(창비, 2007)에서
황규관: 1993년 전태일문학상 수상. 시집 『물은 제 길을 간다』 외

품어야 산다

1판 1쇄 발행 2020년 6월 30일
1판 4쇄 발행 2020년 10월 30일

지은이 김병효
펴낸이 이재두
펴낸곳 사람과나무사이
등록번호 2014년 9월 23일(제2014-000177호)
주소 경기도 고양시 일산서구 강선로 142, 1701동 302호
전화 (031)815-7176 **팩스** (031)601-6181
이메일 jaedoori@hanmail.net

ISBN 979-11-88635-29-0 03810

이 도서의 국립중앙도서관 출판예정도서목록(CIP)은 서지정보유통지원시스템 홈페이지
(http://seoji.nl.go.kr)와 국가자료공동목록시스템(http://kolis-net.nl.go.kr)에서
이용하실 수 있습니다.(CIP제어번호 : CIP2020024853)